다시 만난 봄,

글자에 담은 희망의 여정

〈일러두기〉

• 본 시집은 문해학습자가 늦은 나이에 글을 배우면서 시와 그림으로 표현한 시화작품 중 글을 묶은 것입니다. 글은 교정하지 않고 문해학습자가 쓴 그대로 수록하였습니다.

• 시화작품 원본은 국가문해교육센터 홈페이지(le.or.kr)에서 감상이 가능합니다.

다시 만난 봄
글자에 담은 희망의 여정

ⓒ국가평생교육진흥원, 신진호, 2021

1판 1쇄 펴낸날 2021년 9월 10일
글 전국 문해교실 100인 **그림** 신진호
총괄 이정욱 **편집** 이지선 **마케팅** 이정아 **디자인** 조현자
펴낸이 이은영 **펴낸곳** 책숲놀이터
등록 2018년 12월 18일(제406-2018-000154)
주소 서울시 노원구 동일로 242길 88 상가 2F **전화** 02-933-8050
ISBN 979-11-966040-4-2 03810

글자에 담은 희망의 여정

다시 만난 봄

전국 문해교실 100인 글
신진호 그림

책숲
놀이터

추·천·사

다시 만난 봄,
글을 짓고 행복을 만나다

좋은 글들이 많았습니다. 처음 글을 배우고 나서 기뻐하는 글. 무엇보다도 진심에서 우러나온 글들이 많아서 좋았습니다.

나태주 시인

눈물 나게 감동적인 작품도 있었고, 촌철살인의 재치가 돋보이는 작품도 있었습니다. 평생 동안 간직했던 마음속 이야기를 놀라울 만큼 정갈하고 담백하게 담아놓은 작품도 있었습니다. "한글 배우고 난 나 스스로 보호자가 되었다."는 시적 고백은 내게도 뿌듯한 감동으로 다가왔습니다.

이철환 소설가

2021년 전국 성인문해교육 시화전의 주제는 '글자에 담은 희망의 여정'입니다. 작품들은 모두 함께 배우고 성장하는 일상의 경험, 가족과 이웃에 전하고 싶은 이야기, 문해교육을 통해 이루고 싶은 꿈 등을 구체적으로 담고 있습니다. 직접 그린 그림에도 정성이 가득 들어 있습니다. 한 글자씩 공들여 쓴 작품들을 읽으면서 배움의 가치가 얼마나 소중한지 다시금 깨닫습니다. 작품 중에서 '손'을 노래한 작품들이 특히 눈길을 끕니다. 호미를 쥐고, 소 풀을 베고, 논밭을 갈고, 음식을 만들고, 빨래를 하고, 열쇠를 깎고, 청소를 하고 등으로 가족의 생계를 책임지던 손이 마침내 글을 배우기 위해 책과 연필을 쥔 것입니다. 이 위대한 손 앞에서 저절로 고개가 숙여집니다. 손의 용기, 손의 성취, 손의 행복, 손의 희망에 기꺼이 함께하며 응원합니다.

맹문재 시인

시화 한 편, 한 편에서 모든 분이 얼마나 치열하게 삶을 살아왔는지 느낄 수 있었습니다. 누군가에게 툭 터놓고 말할 수 없었던 글 모르는 설움을 되뇌는 부분에서는 가슴 한쪽이 저렸고, 비로소 한글을 배우면서 삶이 변화하는 순간들을 기록한 부분에서는 가슴 한켠이 꽉 차는 느낌을 받았습니다.

시화전에 참여한 모든 분이 시를 통해 표현했듯이, 글을 배우는 즐거움 속에 앞으로도 일상의 행복을 찾아가시길 바랍니다. 그리고 함께 모여 공부할 수 있는 평범한 일상이 빨리 회복되었으면 좋겠습니다. 문해 학습자 여러분, 파이팅입니다!

원호연 영화감독

노인 한 명이 죽으면 도서관 하나가 사라지는 것이라는 말이 있습니다. 도서관은 사람들의 삶과 이야기로 채워진다는 말이겠지요. 여기 살아온 이야기와 시간들을 시로 써 우리 도서관들은 온통 푸르고 예쁜 꽃들로 가득한 들판이 되네요. 사라지지 않을 영원한 도서관을 만들어 주시는 모든 어르신 시인들이 계시니 참 행복합니다.

이용훈 도서관문화비평가

100편의 시 속에 담긴 어르신들의 인생 이야기를 읽으며, 자식들을 위해 호미를 잡았던 투박한 손으로 연필을 잡고 시를 써 내려간 그분들의 모습을 떠올립니다. 인생에서 다시 맞이한 봄날을 부디 행복하게 만끽하시길 바랍니다.

박소희 솔안공원작은도서관 관장

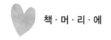

글자에 담은 희망의 여정

; 100명의 늦깎이 시인과 함께 떠나는 희망의 여정

국가평생교육진흥원은 교육부와 함께 비문해·저학력 성인학습자가 글을 읽고 쓸 수 있게 되고 사회문화적으로 요청되는 기초생활 능력을 갖출 수 있도록 지원하고 있습니다. 그동안 적지 않은 분들이 성인문해교육 지원사업을 통해 한글을 배워 가족, 사회, 세상과 소통할 수 있게 되었습니다. 그렇지만 우리나라에는 읽기, 쓰기를 하지 못하는 분들이 여전히 많습니다. 또, 지식정보사회 도래와 디지털 기술 발전으로 일상생활 환경이 크게 바뀌고 있지만 이에 필요한 능력을 갖추지 못한 분들도 상당합니다.

우리 사회에 성인문해교육의 중요성을 환기하기 위해 시작된 '전국성인문해교육 시화전'이 어느덧 10회를 맞이했습니다. 올해도 전국의 문해학습자 100분의 시화 작품을 모아 책으로 엮었습니다.

이 책의 늦깎이 시인들은 여러 사연으로 어릴 때 한글을 배우지 못했습니다. 요즘에는 당연시되는 것이 이분들에게는 평생의 '한'과 '꿈'이었습니다. 때로 삐뚤빼뚤하지만 꼭꼭 눌러 쓴 시와 마음 깊이 숨겨두었던 동심이 표현된 그림 속에는 '글자에 담은 희망의 여정'이 담겨 있습니다. 문해학습자들이 마주했던 삶과 배움의 기쁨이 이 책을 읽는 모든 분에게 전달되면 좋겠습니다. 행복은 우리 인생의 아주 가까운 곳에 있습니다.

지금까지 성인문해교육에 많은 관심과 도움을 주신 분들께 감사드립니다. 늦깎이 학습자를 위해 앞으로도 계속 격려해 주시기를 또 부탁드립니다.

강대중 국가평생교육진흥원장

추천사 • 4

책머리에 • 7

지나간 날들, 소중한 기억

엄마 닮은 나 • 14

내 손 • 16

부뚜막 소녀 • 18

이순자 • 20

찢어진 마음 • 22

울 아부지 • 24

밥 한 숟가락 웃음 한 숟가락 글자 한 숟가락 • 26

하늘나라 집사람에게 • 28

나를 들키고 싶지 않았다 • 30

엄마 문자로 하세요 • 32

117번과 나의 이름 • 34

내 손 • 36

내 인생의 봄날 • 38

고무줄 학력 • 40

그리운 당신께 • 42

처음 소풍을 다녀와서 • 44

학교 문턱도 못 넘어봤슈 • 46

행복을 담고 싶다 • 48

내 꿈 • 50

하고 싶은 말 • 52

희망을 찾아서 • 54

영어로 피어나는 배움의 꽃나무 • 56

엄마의 주름 • 58

시집가던 날 • 60

부끄럽지 않아! 내 손 • 62

그리운 동창생 나의 동창생은 누렁이소 • 64

원망 • 66

글짓는 즐거움, 현재진행형

허리 펴고 눈도 뜨고 • 70

숨비소리 한숨소리 • 72

수줍은 아기 호박 • 74

나의 모습 • 76

순댓국 • 78

열 번 백 번 • 80

묘판 • 82

7학년 일곱 살 • 84

탄생 • 86

팔순 잔치하는 날 • 88

새 세상이 열린다 • 90

나는 까마구 사촌인가? • 92

글자스위치 • 94

마음의 텃밭 • 96

보호자는 뭐 하는 거지? • 98

글자 요리 • 100

응원 • 102

코로나와 아픈 싸움, 학교에 못 가는 할머니 이야기 • 104

서리태 한주먹 • 106

글씨 • 108

공부 안 해도 좋아 • 110

대추 한 알 같은 인생 • 112

나가고 싶다 • 114

한글 공부 • 116

애상 바치네 • 118

몽돌이 딸 • 120

곗날 • 122

배우니 참 좋다, 오늘도 열심히!

이야~ 수지 맞는 장사네 • 126

세상에 이런 일이 • 128

우리 손녀 • 130

재봉장이 웃음쟁이 • 132

조잘조잘 • 134

보석같은 글이 빛난다 • 136

글자 기차 • 138

"오메! 우리 엄니가 영어도 일거부네." • 140

인간극장 • 142

텃밭 • 144

내 이름은 이화순 • 146

내 마음의 풍선 • 148

한글은 요술쟁이 • 150

향교가는 길 • 152

까마귀표 밥상 • 154

글자야! 너는 나를 살린 명약이구나 • 156

내 나이 환갑 나이 17세 • 158

머리 바구니 • 160

천만다행이지요? • 162

섭섭한 바람 • 164

무시하지 마소! • 166

너희들에게 보내는 글 • 168

한글 꽃 • 170

꿈꾸는 인생, 인생은 즐거워!

천생연분 • 174

생일 • 176

까만 밤 • 178

은하수물 • 180

내 마음은 무지개 나라로 • 182

내 인생의 첫 번째 선생님 • 184

글 주머니 • 186

검정 봉다리 안에서 피는 꿈 • 188

소금꽃 • 190

하늘아 구름아… • 192

배움의 노후 연금 • 194

부채와 연필 • 196

할매 학생 • 198

환경 미화원 • 200

까망은 무지개 • 202

글 만드는 쎼프 • 204

글자여행 • 206

꽃 • 208

열쇠 수리공의 꿈 • 210

나는 세상을 거꾸로 살아요 • 212

민들레 꽃씨처럼 • 214

만학도의 꿈 • 216

배우고 보니 생산자 이였네 • 218

작가 소개 • 220

살기 위해서 밥 한 숟가락
배움이 즐거워서 웃음 한 숟가락
중학교 가는 꿈을 위해 글자 한 숟가락

지나간
날들,
소중한 기억

엄마 닮은 나

● 김명옥

어느날 무심코 길을 걷다가
저만치에 비치는 사람
저녁 노을과 전깃 불빛이 반사된 거리
구부정한 몸매 빛바랜 머리카락
내엄마가 그랬다. 온갖 길쌈 다 해가며
꼬부랑해지셨다. 내꼴도 엄마 닮아
거울속 엉거주춤한 모습
이리 절뚝 저리 절뚝거리며
배움의 꽃을 피우려는 내가
엄마를 쏘옥 빼닮았다

내 손

김
금
임

어린 시절
내 손에
연필이 아닌
빨랫감이
있었고

소녀 시절
내 손에
책가방이 아닌
가족의 생계가
있었고

엄마가 된 후
내 손에
자식들의 앞날이
있었고

지금
내 손에
연필과 책이
있네

이제야
내 손에
연필과 책이
있네

부뚜막 소녀

이영금

내 나이 8살 밖에 되지 않았어요
딸 셋 굶어 죽이기 싫다며
남의집살이 보낸 엄마

못된 주인 아저씨
딸 공부하는 거 문틈으로 보다가 들켜
부지갱이로 때리고
설거지 제대로 못했다고 때려
이리저리 멍투성이

추운 겨울 감기 걸려 저녁 짓고
따뜻한 부뚜막에 잠들어 있을 때
게으르다 소리 지르던 주인 아저씨

그때 많이 아팠어요

나이 90을 바라보는데
아직 잊혀지지 않는 악몽

그때 부뚜막 소녀

지금 하얀 공책 내 연필로 글씨를 써보니

하늘 나라 가서 자랑하고 싶어지네요

이순자

이
순
자

나는 학교 가고 싶다
8살 순자와 같이

나는 학교에 가고 싶다
14살 순자와 같이

나는 학교에 가고 싶다
17살 순자와 같이

나도 학교에서 만났다
드디어 65살 순자를

찢어진 마음

김일자

세 살에 엄마 아버지는 이혼을 했고
새어머니 밑에서 힘들게 살아온 세월
집안 살림 도우느라 학교는 꿈만 꾸고
어쩌다 친구따라 광목에 책보 만들어
허리에 매고 신나서 학교 가는 나를
고모가 자기 애보라고 공책을 찢는다
내마음도 같이 찢어진 어린 날
그 어린 날은 언제나 찢어져 있었고
알음 알음 글자 공부 가르쳐 준다는
도서관에서
겨우겨우 한 글자 한 글자 배운 시간이
조금씩 쌓여가네
멍게젓을 무치면서도 생각나는 글자
지금까지 살면서
고생한 얘기 딸한테 원 없이 글로 써야지
때꺼리 없었던 것도 보따리를 몇 번 쌌던 이야기도
전부 다 글로 써야지

울 아부지

허
재
석

울 아부지는 없는 것도 없이
다 가져놓고
여자가 글을 배우면 간이 커져
못 쓴다며
글공부도 안 시켜 주고
못 배운게 한이 되어
울 아부지 제삿날에 엉엉 울며
한탄 했더니
경로당에 한글 선생님 보내셨네
울 아부지 고맙습니다

밥 한 숟가락 웃음 한 숟가락
글자 한 숟가락

염
남
례

어린 시절 노름과 술에 빠진 아버지
없는 땟거리에 밥상을 차리면
아버지는 방에서 밥상을 냅다 차버리시네
밥상은 안방에서 마루를 지나 앞마당에서 뒹굴뒹굴
엄마도 아버지에게 머리채를 잡혀 앞마당에서 뒹굴뒹굴

딸은 엄마 인생을 닮는다고 했던가
예순 살까지 남편 대신 가장이 되어 돈을 벌다가
눈길에 미끄러져 팔과 꼬리뼈를 다쳐
60 평생 처음으로 허리를 펴고 쉬면서도
끼니 걱정에 긴 한숨만 푹푹
내가 죽으면 저승에 가서 우리 서로 본체만체 하자고 했네

도둑질 빼고 험한 일은 다해 봤는데
워매워매 땟거리 걱정보다 공부가 이렇게 힘들까
가난의 아픔도 못 배운 설움도 다 시간이 약이지
살기 위해서 밥 한 숟가락

배움이 즐거워서 웃음 한 숟가락
중학교 가는 꿈을 위해 글자 한 숟가락
매일 숟가락을 들고 까르르 웃음꽃이 피네

하늘나라 집사람에게

김
종
원

글모르는 날 대신해
모든 일 앞장서 주며
남편 기 살려준다고
싫은 소리 한 마디 안하던
천사 같은 내 집사람

집사람 하늘나라 떠난 뒤
캄캄해진 세상으로 같이 가고 싶었죠

용기 내어 나온 학교
글 배우고 공부하며
살겠다고 노력합니다
하늘나라 집사람이
매일 바람되고 빗물되어
나에게 용기내라 말합니다

나를 들키고 싶지 않았다

김금례

우리 집에 마실와서 돌아가지 않는 네가
얼마나 미웠는지
너는 모른다

단짝 같은 친구지만
네 이름도 쓰지 못하고
글도 잘 읽고 쓸 줄 모르고 사는 나를
들키고 싶지 않았다

빨리 돌아가면
한 자라도 더 읽고 쓰려 했건만
눈치없는 너는
저녁밥까지 먹고 가려고
텔레비전만 쳐다보고 있구나

말을 잘 하고
네 말을 잘 알아들으니
내가 글자를 잘 모른다는 걸
넌 몰랐겠지

열심히 글자 익혀

네 이름도 쓰고 사랑한다고도 쓸테니

서둘러 집에 가라고 해도 서운해 하지 마라

엄마 문자로 하세요

한
덕
희

외국에 있는 딸에게
보고싶다 전화를 하니
엄마 문자로 하세요
뚜뚜뚜
야속하게 끊어 버리네

나는 육남매에 맏며느리
시동생 시누이 다 시집 장가 보냈네
시어머님은 치매로 3년
남편은 뇌경색 15년

평일엔 학교에서 청소부
주말엔 예식장에서 설거지
밤낮을 가리지 않고 생계를 책임지며
그 와중에도 한글을 배우기 시작했지

듣고 싶은 목소리 참으며
한 자 한 자 익힌 글자로
딸아, 언젠가 멋있게 편지를 쓰마

문자를 해야 글이 는다는
너의 깊은 마음
그걸 내가 왜 모를라고……
그래도 서운함에 눈물이 왈칵
난 니 목소리가 듣고 싶은겨

117번과 나의 이름

염명희

그 시절에는 중학교도 입학시험을 보았지
우리 반에서 20명 정도 시험을 친 것 같다
합격자는 8명
그 중에 당당하게
수험번호 117번과 내 이름 석자도 있었지
기쁜 마음에 앞 뒤 가리지 않고
집으로 달려갔지만
이 소식을 반기는 이 없었지
7남매에 맏이라는 무게
팔방 난봉꾼이었던 우리 아버지
가정은 뒷전
엄마를 생각하면 지금도 가슴이 먹먹하지
아버지 대신 생계를 꾸려야 했던 엄마를 대신하여
동생들은 내 몫이었다
학교는 이미 딴 세상 이야기였지
오랜 시간 꿈만을 꾸었지
학교를 꼭 가리라
어느 날 선물 같이 학교를 갈 수 있는 기회가 왔지
이루지 못한 꿈을 향해

아침이 되면 책가방을 메고
버스를 두 번 갈아타고
학교를 간다
교실 문을 열고 Good Morning~

내 손

정옥순

갈퀴처럼 구부러져
울퉁불퉁 볼품없는
불쌍한 내 손

가난을 베개 삼아
우악스레 쉬지 않고
일만 해온 가엾은 손

닳아진 몽당 연필
꽉 잡고 싶어도
덜덜 떨리는 가슴 아픈 손

하지만
열두 돈 금반지 낀 손가락보다
자랑스런 내 손

내 인생의 봄날

정금덕

단지 여자라는 이유로
집안일을 도와야 한다는 이유로
가고 싶었던 학교를
어머니의 반대로 가지 못했다

친구들과 야학에 갔다가
어머니께 들켜서
빗자루로 흠씬 맞아
온몸에 피멍이 들었다

학교에 가고 싶어
끼니를 거르고 눈물로 밤을 지새우며
반항을 해 보았지만
어머니는 끝까지 허락하지 않았다

늦은 나이지만
이제부터 내 인생
봄날의 시작이다
공부하는 즐거움에 푹 빠져있다

어머니 생전에
한 번도 하지 못했던 말을 써서
산소 앞에 바치고 싶다
어머니 사랑합니다

고무줄 학력

백종순

전남 화순 산골짜기 내 고향
고구마 감자 징하게 먹고 살았지

등에 업고 양손에 동생 손잡은 애 보기 신세
내 학력은 초 중퇴
오빠 이력서로 큰 회사에 입사
언제 들통날지 몰라 불안불안
내 고무줄 학력은 중졸

살만하니 찾아온 병
일주일에 혈액투석 3번 공부도 3번
공부보다 건강이 우선이라지만
건강도 공부도 다 중요하다고 우겨
학생이 되었네

눈치 빠른 친구가 고무줄 학력을 알게 되었네
다른 친구에게 온 편지 아름만 바꿔 보냈더니
긴가 민가 의심했지만 넘어갔네 간이 콩알만해졌네

속내 다 터놓은 친구에게 터놓지 못한 고무줄 학력
졸업장 받고 고백할 날 기대하네

나는 지금 행복하다
공부하는 내가 좋다

그리운 당신께

어머니 등 떠밀려 당신을 처음 만나던 날
나는 당신이 마음에 들지 않아 일어서려니까
당신은 찐빵이나 먹고 가라고 붙잡았지요
차마 거절 못하고 찐빵을 먹고는
평생을 같이 살게 되었지요
찐빵에 넘어갔지만
살아보니 당신은 일등 남편이었어요

당신이 떠난 지 두 달
너무 그리워 꿈속에라도 만날까 싶지만
당신은 한 번도 그 모습을 보여주지 않네요
아프고 아파 너무 아프다 가니
아픔없는 하늘나라가 그렇게 좋은가요
좀 더 당신을 살뜰히 돌봐 주었더라면
좀 더 정성을 다해 간호를 했더라면
이렇게 빨리 가지는 않았을지도 몰라
후회가 되고 미안합니다

하고 싶었던 공부하고
우리 아이들 엄마로 살다가
때가 되면 당신 곁으로 갈께요
그 때 반갑게 다시 만나요
영원히 당신을 사랑합니다

처음 소풍을 다녀와서

양순자

어머니 저 내일 소풍갑니다
간식을 준비해주실 어머니는
안계시지만 이 마음은 어머니에게
조르고 싶어집니다

지난밤에는 잠을 자지 못했습니다
처음 가는 소풍 설레는 마음
나에게도 이런 날이 올 줄이야!

드디어 출발하였다
국립대전현충원으로
연평해전에서 전사한 젊은 용사들의
모습을 보면서 눈물이 난다

내가 한글을 늦게라도 배우게 되어
그들의 희생을 읽고 알게 되어
얼마나 고마운지 감사하다

학교 문턱도 못 넘어봤슈

권오순

아버지가 일찍 돌아가셔서
학교 문턱도 못 넘어봤슈

배운 게 없으니 시집이라도 일찍 가래서
시집 왔더니 쥐뿔도 없더라
한 평, 두 평 늘어가는 땅에
힘든 줄 모르고 그 때는 살만했네

행복도 잠시
남편이 암에 걸려
길고 긴 투병 생활
어떻게든 살려 보려고
있는 땅 다 팔았지

배운 거 없는 까막눈의
막막한 앞길
한글 가르쳐 준다는 곳 있다는 말에
한달음에 달려갔네

깜깜하던 인생길
새로 배운 글자가
내 인생을 환하게 밝혀 주네

한 평, 두 평 느는 것 보다
한 자, 두 자 알아가는 것이
훨씬 더 신나고 행복하네

행복을 담고 싶다

윤홍순

어린 시절 살았던
서울 산동네 아현동
먹을 것이 없어서 굶기가 일쑤였다
동네에서 커다란 솥에다
옥수수 가루로 죽을 쑤어
한 바가지씩 양재기에 나누어 주었다
참 배가 고팠던 양재기였다

마포에 아파트를
짓는다며 시끌벅적하던 그해
무료로 가르쳤던 공민반이
없어지면서 육성회비를 내라고 했다
오백환 육성회비가 없어서 학교를 그만 두었다
정말 많이 울게 했던
육성회비 봉투였다

가난해서
못 배워서
나의 삶은 항상 눈물로 가득했었다

이제는
내 인생의 아픔을 모두 비우고
배움으로 행복을 담고 싶다

내 꿈

변영자

내 나이 여덟 살 때
동갑내기 조카가 학교를 가네
엄마 일찍 돌아가시고
나이 많은 올캐는 나한테
소 메겨라, 풀 비라, 밭 갈아라
죽도록 일만 시키고
나랑 동갑내기 저거 딸은 학교에 간다
엄마 없이 크는 나는
식모처럼 일을 하면서
섭섭해서 울고 힘들어서 울고
공부를 못하니 억울해서 울고
억씨도 없는 집에, 없는 신랑한테 시집도 가라카이
모진 세월 참 죽고 싶었다마는
그래도 악착같이 살아 안 왔나
내 집도 장만해서 발 뻗고 자고
효도 잘하는 아들 내외, 손주들도 있으니
이제는 공부 못한 한을 풀어야 되겠다
영자야, 니는 할 수 있데이
열심히 해서 책도 줄줄 읽고 글도 쓰고
그래서 성공을 해 보자
나는 할 수 있데이!

하고 싶은 말

박
선
혜

집을 나올 때면 생각나는 엄마 얼굴
괜찮은 척 속으로 외쳐봅니다
"엄마, 학교 다녀오겠습니다."

백점 맞은 받아쓰기를 보면 생각나는 엄마 목소리
잘한다며 칭찬듣고 싶습니다

집에 들어갈 때면 또 생각나는 엄마 얼굴
괜찮은 척 속으로 외쳐봅니다
"엄마, 학교 다녀왔습니다."

열심히 숙제를 하다보면 또 생각나는 엄마 목소리
잘한다면 칭찬듣고 싶습니다

엄마 목소리를 듣지 못하더라도
엄마에게 꼭 하고 싶은 말이 있습니다

항상 생각해 뒀던 말
"엄마, 이제 이 막내 딸은 걱정 마세요
학교에 잘 다니고 있습니다."

"엄마, 엄마"
불러도 불러도 계속 부르고 싶은 말
하고 싶은 말 대신 오늘도 불러봅니다

희망을 찾아서

김영자

흘러간 세월만큼
내 허리는 ㄱ자가 되었습니다
살아온 세월이 너무 고돼서
이 허리는 펴지지도 않습니다
희망도 없이 하루 하루 먹고 살기 바빠서
세상을 볼 줄도 읽을 줄도 몰랐습니다
하나뿐인 금쪽같은 아들 먼저 보내고
나락으로 떨어져 온통 깜깜했던 내 삶에
한 줄기 빛처럼 복지관을 만났습니다
희망을 찾았습니다
배우니까 세상이 보이고 읽어지고
드디어 사람답게 살 수 있게 되었습니다

영어로 피어나는 배움의 꽃나무

전옥화

나 태어난 곳 산골 마을
학교까지 한나절 길

여자 배우면 팔자 세다고
연필 대신 호미 쥐었네

내 어릴 적 학교는
소 먹이든 동네 뒷동산

학교가는 친구 부러워
빈 책보 둘러메고 하염없이 울며 불며

가도가도 황토밭 인생길
흙내음도 주름살 속에 지쳐갔네

중등과정 문해 학교 교실에 앉아
지나온 세월지나 생각하니

묵은 아픔도 아련한 추억이 되고

그토록 가고픈 학교 이제는 학생 되었네

Good morning
호미대신 쥔 연필에서는 영어가 피어나고

굿 모닝!
주름 가득 내 얼굴에는 웃음꽃 피어나네

엄마의 주름

안
유
임

돈이 없어서 학교에 못갔다
할아버지는
학교가는 내 책복을 빼아사
아궁지에 넣었다
돈도 없는데 무슨 학교냐며
책이 탈까바 아궁지에서 꺼내는 엄마를
할아버지가 밀쳤다
엄마 이마에 굵인 상처가 생겼다
학교가는 친구가 부러워
땅바닥에
안유임 안유임 안유임
내이름만 쓰고 또 쓰다
그래도 학교를 보내주지
엄마를 원망했다

엄마!
나 책도 읽고 글도 쓸줄 알아요
원망도 사라졌어요

이재 아흔다섯 울엄마
아궁지 앞에서 생긴 이마의 생채기
굵은 주름살로 남았다

시집가던 날

홍죽표

우리 두 사람 인연 맺어
꽃길을 가네
두렵고 떨리는 마음
당신과 함께라면
씨뿌리고 물주며
예쁜 꽃동산 만들어 가요

아름다운 꽃동산엔
밝은 햇살
우리의 숨결
아이들이
즐겁고 기쁘게 흥을 돋우네

팔십년 긴 세월
당신과 함께 흘린 땀 방울
인생 말미
행복하게 잘 살았노라
말할 수 있네

부끄럽지 않아! 내 손

신
동
월

내 손은 참 볼품이 없다
남편 먼저 보내고
80평생을 억척스럽게
논과 밭을 헤메고 다녔으니
얼마나 고생한 손인가
그 손으로 6남매 키웠고
동기간 우애하며 살게 되었으니
내 손은 지나간 내 세월이다

이제 늙고 늙은 내 손이
연필까지 잡았으니
대견한 손이 아닌가
오늘 밤도 나는 내 손을
토닥토닥 칭찬한다
그동안 수고했어

그리운 동창생
나의 동창생은 누렁이소

김금자

소 풀 뜯어 먹을 때
나는 막대기로
땅바닥에 ㄱ + ㅏ = 가 라고 썼지
소가 팔리고 나자 그마저 쓸 수 없어
여덟살박이 나에게 어머니는
시계도 없는 산골 마을에서
산 그림자 담벽에 닿으면 밥 지어 놓거라
어머니는 일터로 가시고
나는 어린 동생들 돌보며 밥 짓고 빨래하고
공부할 때를 노쳐 버렸지
다 늙어 복지관에서 공부하는데
동창생 반가워 행복했었지
그것도 복이라고 코로나가 길을 막네
동창생 만나서 이야기꽃 피우고 싶어
코로나야 지구 밖으로 멀리 가거라
내 동창생 만날 수 있게

원망

이
병
희

나 공부 안가르쳐서
아버지 미웠다
지금부터는 원망 안한다
왜냐하면
지금 문해교실에서 공부한다

눈때 모양은 이응이요

머릿고기 모양은 미음이라

자음 모음 찾아서 글자 만드니

눈뎃국 그릇에 글자가 한가득

글짓는
즐거움,
현재진행형

허리 펴고 눈도 뜨고

●
진
귀
녀

못 배운 글자 때문에
못 배운 사람이 되어
70평생 허리 펴기 어려웠는데

글이 보이니 허리가 펴진다

글이 보이니 간판이 보인다

보이는 것들이 많아지니
하나 하나 읽어보느라

걷는 걸음이 점점 느려진다

집으로 가는 길이 오래 걸린다

숨비소리 한숨소리

강매옥

바당에선 물질 상군
책속에선 한글 핫바리
열길 물속 숨비소리
망사리 속 바다 보물 가득
책 속에선 한숨소리
전복 캐듯 글자 주워
공책에 담아 보지만
친구는 또박또박 나는 비틀비틀!
언제쯤
책 속에서 상군이 되어볼까?
바다속에서 바늘찾기구나!

수줍은 아기 호박

이순옥

우리집 텃밭에 호박이
주렁주렁 열렸네
엄마 따라 아기호박도
조롱조롱 열렸네
예뻐서 자꾸만 만졌더니
수줍은 아기호박은
커다란 잎으로 숨어버렸네
수줍은 아기호박인 나도
배움에 눈을 떠
당당한 아기호박이 되었네

나의 모습

신석분

문해 교실 다니기 전 나의 모습
언제나 쭈뼛쭈뼛
글자를 몰라 쭈뼛쭈뼛
글자를 몰르는 내 속마음을
사람들에게 들킬까바 쭈뼛쭈뼛

문해 교실 나간 뒤의 나의 모습
언제나 싱글벙글
글자를 알게 되어 싱글벙글
남들이 흉볼까바
가슴 졸일 일이 없어졌으니 싱글벙글

순댓국

김복순

백신 주사 맞고 오는 길에
순댓국 한 그릇 사 먹는데
김이 모락모락

순대 모양은 이응이요
머릿고기 모양은 미음이라
자음 모음 찾아서 글자 만드니
순댓국 그릇에 글자가 한가득

아따! 이 글을 돈 주고 사뿌리면 좋겠네

열 번 백 번

손
순
례

은행에 가면 예금주 이름 쓰세요
병원에 가면 보호자 서명 하세요
전화번호가 무엇인가요

죄지은 사람처럼 덜덜 떨렸다
받침 글자 나오면 가슴이 콩닥콩닥
글자들이 모두 도망가 버리고
머릿속은 텅 비어버렸다

그래도 이제는 내 이름 석 자
여기도 쓰고 저기도 쓰고
열 번이고 백 번이고 얼마든지 자신 있다

묘판

박영숙

우리집 묘판이 벼씨는 싹이 나고
하루 하루 쑥쑥 푸르게 자란다
그런대 내가 배우는 한글 공부
해도 해도 어렵다

어제 배운 글자도 자꾸 잊어버리고
머리속에 남는 것이 없다
한글 공부도 우리집 묘판처럼
내 머리속에 푸르고 무성하게
잘 자라 주면 얼마나 좋을까

밥 안 먹어도 배가 부를 것 같다

7학년 일곱 살

차두선

나는 7학년
글은 일곱 살

우리 부모님 가난하여
줄줄이 동생들 뒷바라지에
일곱 살 나는
학교 가고 싶어 울기만 했지

이제 나는 7학년인데
나의 글은 일곱 살

7학년이 되여서야
학교에 가서
하루하루 공부하지만
마음만 급하다

어서 어서
여덟 살
아홉 살로
자라면 좋겠다

여전히
나는 7학년
글은 일곱 살

탄생

김종순

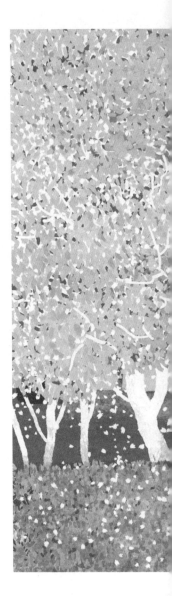

갓 태어난 아기도 이리도 맑아 보였을까
내 나이 만 83세
앞이 안 보여서 딸을 볼 수 없었던
심봉사가 생각난다
얼마나 딸을 보고 싶었을까
십 년 전 글자를 몰라서 눈앞이 깜깜했던
내 마음과 어찌 이리 똑같을까
심봉사가 눈 뜬 것 같이
나도 다시 태어나서
세상을 볼 수 있어 행복하다

팔순 잔치하는 날

임영하

이제 글자를 떠듬떠듬 읽는다
아무리 읽고 중지 손가락에 굳은 살이 배기도록
쓰기 연습을 해도 책 덮으면 까마득한 세상이다

젊어서 배운 화투는 자다가도 기억이 잘난다
사십대에 배운 뜨개질도 잊지 않았는데
뒷집에 사는 순자 엄마와 배운 지르박도 기억나는데
글자는 늘 내 마음과 다르게 읽어진다

나는 마음속으로 다짐했다
지금하는 공부 까먹지 않으려고 저녁마다 읽고 쓴다
어려워도 나는 글자 공부가 재밌다
팔순 잔치하는 날 가족에게 편지를 써서 읽어 주고 싶다

새 세상이 열린다

민기자

학교에서 나눠준 태블릿

그 안에
학교도 있고
교실도 있고
선생님도 있고
친구들도 있다

눈도 아프고
허리도 아프고
폐도 아프지만

화면을 바라보면
눈이 환해지고
폐가 쫙 펴진다

그 안에 빛이 있다.
새 세상이 열린다.
코로나 19도 배움의 길을 막을 수 없다

나는 까마구 사촌인가?

임
순
덕

나는 까마구 사촌인가?
오늘 배운 공부
문 열고 나서며 까먹고
집 대문 들어가며
다 까 먹었다
농사는 일등으로 짓는데
공부는 와 모르노……
나는 까마구 사촌인가?
그래도 한 자 한 자
가랑비 옷 젖듯 젖는다
오늘도 새벽같이 일하다
영감 오토바이 소리에
가방 들고 달려 나온다
학교 데려다 주는
영감도 고맙다

글자스위치

김이심

문해교실은 내 머리의 글자
스위치하고 똑 같다
캄캄한 방
스위치가 없으면 훤하게 볼 수 없다
까막눈인 내 눈
문해교실이 없었으면
불 꺼진 방하고 똑 같다
문해교실에 와서 한 글자 한 글자
글자 스위치를 켠다
캄캄한 내 머리에 글자불을 훤하게
해주는 문해교실이 참 좋다

마음의 텃밭

김찬선

고추나무를 심었다
토마토도 심었다
이랑을 만들고 흙을 부드럽게 만지고
거름도 넣고 내 사랑도 넣었다
마당에 있는 작은 텃밭에······

낫 놓고 기역자도 몰랐고
연필을 잡아본 적도 없던 내가
복지관 문해교실에 갔다

더듬더듬 비뚤비뚤한 글씨지만 정성껏
내 이름, 아들, 딸, 남편 이름도 써 본다
오늘도 나는 가슴에 글자를 하나하나
정성스럽게 심어 놓는다

기쁨, 슬픔, 외로움 모두모두 넣어서
내 인생 말년에······

보호자는 뭐 하는 거지?

김정순

환자가 남편인데 접수도 환자가 하고
서류 작성도 환자가 하네
내가 보호자로 따라 간 것인데
보호자 역할이 뭘까

허수아비 보호자였던 나

이젠 접수도 내가 한다
나 아플 때도 남편 아플 때도
한글 배우고 난 나 스스로
보호자가 되었다

세상에 나가는 디딤돌이 되어 준
한글, 이젠 QR 코드도
디밀 줄 안다고~

글자 요리

정
행
자

나는 요리 경력 30년
이 동네에서는 알아주는
순댓집 주인

자다가 일어나서
끓여도
찌개에 뭘 넣어도
사람들은 맛있다고 한다

이런 나에게도
못하는 요리가 있으니
바로 글자 요리

어디에 무슨 받침을 넣어야 하는지
배워도 까먹고
넣어 보면
맛이 이상하다

오늘도
공책에 이 글자 저 글자
넣어
글자 요리를 한다
보글보글 맛난 요리가
만들어질 때가지
나는 계속 배우며 살아갈 것이다

응원

● 한 오 순

농장에서 상추, 오이를 키우면
쑥쑥 잘만 자란다

글자 배우기 시작한 지가 언젠데
여전히 니는 씨앗도 못 터뜨리고 있다

자식들 학교 다닐 때 숙제를 봐 줄 수 없어
아빠 기다리다 늦게 잠든 아이들이
안쓰럽기만 했는데
어느새 훌쩍 커서 엄마를 응원한다

농장에서 자라는 감자를 보니
여전히 잘만 자란다
질투난다

언젠가 한오순
꽃도 피고 열매도 맺겠지요?

코로나와 아픈 싸움,
학교에 못가는 할머니 이야기

박수자

얼굴도 모르는 본 적도 없는 것에게
부푼 꿈을 빼앗겨 버렸다
얼른 공부 많이 해서 대학 가고 싶은데……

하루가 아까운 늙은 내 인생
삶의 꿈은 점점 희미해져가고
사는 맛을 잃어버리고 말았다

답답함에 창문 밖을 내다보면
햇살은 찬란하고, 꽃들은 한 잎 두 잎 피어나는데……

매일 전화로 찾아와 주는
선생님과의 공부시간 덕에
오늘도 하루를 버텨내고 있다

맑은 햇살이 어둠을 풀 듯
친구들과 만나서 공부하면
내 맘의 어둠 풀릴텐데

서리태 한주먹

이갑예

내 학력은 일자무식 까막눈 83년
넘들은 이름도 나이도 잘 쓰고
산수도 척척 잘 계산하는디……
내 머리는 당최 돌아가덜 안는다
"왜 이런댜. 아이고 환장혀."

옳지! 그렇지! 좋은 생각이 났다
집에서 굴러다니던

옥수깽이 열 알 틀켜쥐고 마을 학교 갔다
하나, 둘, 싯… 보태고 닛, 다섯, 여섯…
옆자리 성님이 깜짝 놀라며 반색이다
"아이고 그 좋은거 어떻게 생각했댜?"
날 보고 옥수깽이 댓개만 꿔달란다
"나도 몇 개 없슈."
우리 반장이 한심한지
내일 서리태 한주먹 갖다 준다고
다음날부터 우리 학교 할매들 필통에는
서리태가 한주먹씩 들어갔다

"자~ 산수시간이니께, 어서들 서리태 꺼녀."

글씨

김복조

봄이면 밭을 일궈서 씨앗을 씨 부리고
나는 뼛속 깊이 농부
씨 뿌리고 흙 덮고 물 주고
어느새 싹이 돋고 잎이 생긴다

늘그막에 공부 씨앗을 뿌리는
나는 머리가 텅 빈 학생
글씨를 뿌리고 읽고 쓰면
어느 세월에 귀도 입도 터질까

배추씨 아욱씨 할 것 없이 모두
내가 키웠는데 글씨만 못 키우니
글씨에 촉진제라도 뿌릴까보다
글씨야 제발 싹이라도 보여라

공부 안 해도 좋아

최
병
임

공부 안 해도 좋아
친구만 있어도 좋아

그래도 오늘은
한글자 배웠어

태어나 제일 배부른 날
오늘!

대추 한 알 같은 인생

임
순
자

가을날 붉은 대추
열매 가득 비도 담고 바람도 담고
보름달 초승달 수없이 지켜봤네

지금 여기 있는 나
가난했던 시간들도 담고 눈물도 담고
아픔도 좌절도 몇 번이나 스쳐갔네

대추알 마냥 쪼글쪼글
주름 잡힌 내 얼굴
늦깎이 공부가 더디어도
내 안에는 달콤한 맛이 그득하네
배우고 깨달으니 달고 달다

나가고 싶다

구
회
남

어휴 답답해
책가방 속 공책들이 꿈틀꿈틀
어휴 허리야
책속에 책받침은 부스럭 부스럭
어휴 깜깜해
필통 속 연필들이 달그락 달그락
야! 지우개
너 밀지마. 좁잖아
가위는 왜 필통 속에 있는거야
콕콕 찌르니 아프잖아
딱풀아 좀 가만히 있어 무겁잖아
지금쯤 책상은 뭘 하고 있을까
나가고 싶다

한글 공부

백옥임

올해 참깨를 심고 또 심고
몇 번을 심어도 실패를 한다
속이 많이 상한다.
오늘도 참깨를 또 심어 본다.
내 한글 공부도
하고 또 해도 까먹으니
어찌 할 수가 없네
참깨야 우리 친구 해서
천천히 수확해 보자

애상 바치네

이
옥
지

코로나가 그렇게 애상 바치더니
사람들을 다 배려나써요
느닷없이 세상에 이런 일이 어디 있당가요
코로나가 이렇게 오래갈지 몰랐어요

그 몹쓸 것 때매 학교도 못가고 경노당도 못간게
글자 까먹지 안헐라고 맨날 째끔씩 공부도 허고
노트에다 힘내세요 파이팅 이라고 글자 쓰면서
이제나 저제나 선생님 전화만 기달려요

학교 오라는 선생님 목소리 들은게 살 것 가튼디
하필이면 학교가는 날 예방 접종 허라고 헌게
학교도 가고잡고 주사도 맞어야 허는디
어떠케야 조을까요

몽돌이 딸

제
둘
자

나 어릴적에 동네 친구들이 놀렸지
우리 아버지가 몽돌이 돌멩이라고
정말 아버지 이름이 몽돌인 줄 알고
창피해서 학교를 못갔지
아버지 이름은 몽돌이가 아니라
제정운이었는데
나는 그것조차도 몰랐었지
친구들은 학교 가서 글 배우는데
나는 나무하고 산 꽃이랑 놀고
소 몰면서 노느라
내 이름도 못쓰는 까막눈이 되었다
야속한 세월이 지나고
주름살 가득한 손으로 한글을 쓰고
이제야 글을 배운다
손녀 딸이 가르쳐 주고
잘했다고 늙은 신랑이 칭찬하니
늙은 신부도 마음이 설렌다
깨우치는 재미가 너무나 행복하다

곗날

곗날이라고 향나무집에 오란다
글자를 알아야 찾아가지
약도 한 장 달랑 주고
찾아오라는 친구 너무 밉다

나도 한글 배워서
글자 줄줄 읽고
간판 줄줄 읽어야지
이제 계원 말고
계주 하고 싶다

아들과 나주 병원을 가면서

차에 기름을 넣로 갔다

LPG 간판을 읽것다

"오메! 오메! 우리 엄니가 영어도 읽거부네."

아들이 빙그시 웃으며 겁나게 좋아한다

배우니
참 좋다,
오늘도 열심히!

이야~ 수지 맞는 장사네

김진극

한글 교실 수업 시간에
문자 보내기를
배웠다

큰 딸에게 떠듬 떠듬
"사랑한다"라고
써 보냈다

바로 문자가 왔다
"아빠 어디세요???"
여기는 도서관 한글 교실이야 라고
답장을 보내야 하는데
마음이 급해져서
눈이 더 안보인다

글자 대신에
♥를 보냈다

바로 답장이 왔다
♥♥♥♥♥~^^
나는 ♥를 하나 보냈는데
딸한테 ♥를 5개나 받아보고

이야~ 수지 맞는 장사네

세상에 이런 일이

김임순

오늘 선생님이 박카스를 사 오셨다
고맙게 한 병을 벌컥 마셨다
그랬더니 선생님이 편지를 쓰라 하신다
세상에 이런 일이
토할 수도 없고
머리털 나고 처음으로 편지를 쓴다

오늘 선생님이 사탕 한 봉지를 사 오셨다
고맙게 사탕 하나를 입에 얼른 넣었다
그랬더니 선생님이 시를 쓰라 하신다
세상에 이런 일이
뱉을 수도 없고
머리털 나고 처음으로 시를 쓴다

오늘 선생님이 요구르트를 사 오셨다
마실까 말까 망설인다
선생님이 오늘은 뭐를 시킬까?
세상에 이런 일이
오늘은 걱정 말고 마시라 한다

우리 손녀

●
방영순

우리 손녀는요
해바라기꽃 같아요.
항상 무슨 일이 생길까
할머니만 바라보아요

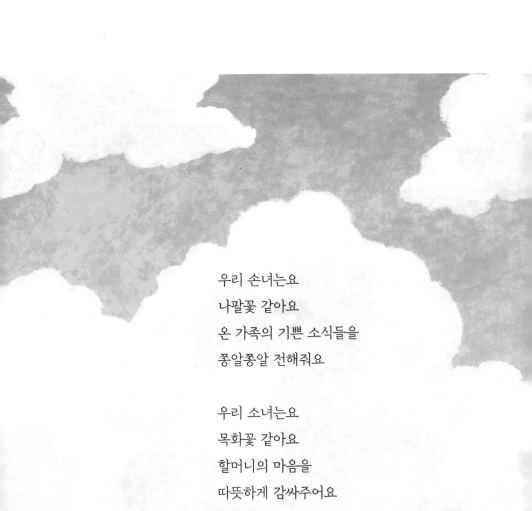

우리 손녀는요
나팔꽃 같아요
온 가족의 기쁜 소식들을
종알종알 전해줘요

우리 소녀는요
목화꽃 같아요
할머니의 마음을
따뜻하게 감싸주어요

재봉장이 웃음쟁이

● 강명화

준범아!
혼자 놀으렴
엄마 일하잖니

슬기야!
준범이 밥 좀 네가 챙기렴
엄마 일하잖니

그리고, 재고, 가위, 바느질에
하루종일
드르륵 드르륵 재봉장이

365일 숨차게 달렸다
설날, 추석만 쉬고

재봉틀 소리 들으며 아이들이 커 가는 동안
숨어있던 나의 꿈은 멀어져 갔다

준범아!
밥은 네가 챙기렴
엄마 공부하잖니

슬기야!
설거지는 네가 하렴
엄마 공부하잖니

문제 풀고 단어 외우고 시 쓰고 그림 그리고
종일토록
하하하 호호호, 웃음쟁이

365일 신바람 나게 공부한다
설날도 추석도 쉬지 않고

멀어졌던 나의 꿈이
아이들 졸업장 옆에서 활짝 미소 짓겠네

조잘조잘

인원옥

콩을 심듯이 공부도 심는다
때에 맞춰 심어야 되지만
내 나이 팔십에 늦은 공부

콩이 조잘조잘 매달린 거 보면
돈도 벌고 딸도 주고 동생도 주고
막 퍼주고 싶은 내 마음

공부도 조잘조잘 열심히 하다 보면
국어도 수학도 영어도 배우고
편지도 쓰고 일기도 쓰고
세상에 막 자랑하고 싶은 마음

보석같은 글이 빛난다

● 박보윤

배움을 놓쳐버린 까막눈
아무것도 보지 못한 까막눈
온 세상은 까막눈
나는 어둠 속에 까막눈

해를 보기 위해 밖으로 나오고 싶어
몸부림쳐 세상구경 하고 싶어라
까막눈은 보고도 못보는 눈
꿈을 꾸고 마음에 담아 글을 배우고
한 글자 한 글자 또박또박 배워보니

희망이 조금씩 보였다
스승님이 빛나게 보인다
글을 몰라 부끄러워 남몰래 흘린 눈물
아는 것은 마음에 기쁨 행복

보석같은 글이 빛난다
아~ 기쁘고 기쁘다
내 가슴에 다시 피어나는
행복에 꿈을 피어보자

글자 기차

손정애

기차만 긴 줄 알았다

글자는
산보다 높고
바다보다 깊고
기차보다 길었다

그래서 사람들이
공부 많이 한 사람들 보고
가방끈이 길다고 하는 갑다

수, 목, 금
글자 기차 타는 날
가, 나, 다, 라, 마, 바, 사, 아, 자, 차, 카, 타, 파, 하

호호호,
나도 이제
가방끈이 길어지겠다!

"오메! 우리 엄니가 영어도 일거부네."

오말례

아들과 나주 병원을 가면서
차에 기름을 넣로 갔다
LPG 간판을 일것다
"오메! 오메! 우리 엄니가 영어도 일거부네."
아들이 삥그시 웃으며 겁나게 좋아한다

엄마가 공부한다고 색연필 사다준 큰 딸 미라
엄마가 공부한다고 책가방 사다준 큰 아들 재진이
할머니가 공부한다고 연필 깎아준 큰 손녀 효린이
오늘도 나는 가족들의 LOVE를 온 몸에 걸치고
선생님과 공부 DATE 하러 간다

나는 문해학교를 갈 때마다
한 송이 목련화 꽃봉오리가 된 것 같다
영어도 배우고 한자도 배우고 오면
한 송이 목련화 꽃봉오리가 된 것 같다

인간극장

박
순
임

오늘 아침 텔래비 인간극장에
할머니 중학생이 나왔다
멋진 모습이 부러웠다
코로나 때문에 학교도 못간 나는
선생님이 보내주신 숙제장에
ABCD를 썼다
공부를 하니 텔래비에
KBS MBC 영어가 보였다
히히,
내가 미국 온 기분이다

텃밭

이옥주

주말마다 가는
우리 텃밭에는
여러 작물이 있습니다

자주색 감자를 심었더니
예쁜 자주색 꽃이 피었고,
오이를 심었더니
예쁜 노란색 꽃이 피었습니다

나의 머리에 자음을 넣고
모음을 넣어 흔들면
어떤 글자가 되어 나올까요?

내 이름은 이화순

이
화
순

화투 치고 온 날은
천정에 화투가 왔다갔다
고도리 청단 쌍피

공부하고 온 날은
하루종일 글자가 왔다갔다
나비 봄 꽃밭

소리나는 대로 쓰면
왜 틀리나
얼음 해돋이 고춧가루

내 나이 여든둘에
내 이름 까맣게 박힌
초등학교 졸업장을 받았다

이화순! 내 이름 이화순!

내 마음의 풍선

이
순
남

잃어버린 내 인생 다시 찾아
늦깎이 공부를 한다
텅텅 비어 있는 머리속을 알차게
채우고 선생님 가르침에
꿈과 희망을 안고,
그 고마움을 보답하기 위해
내 자신을 좀 더 가치있게
나는 오늘도 열심히 공부한다
풍선처럼 마음껏 날고 있다

한글은 요술쟁이

박
정
숙

ㄴ이 없으면

음~메 우는 소가 되고

ㄴ이 있으면

일 잘하는 손이 되네

ㅇ이 없으면

냄새 잘 맡는 코가 되고

ㅇ에 있으면

간장, 된장, 두부 되는 콩이 되네

받침이 있을 때와 없을 때

뜻이 확 달라지는

한글은 요술쟁이

향교가는 길

신
복
순

학교 이름은 전의향교 문하대학교
남편 하늘나라 보내고 마음이 우울하여
경로당에 가서 십원짜리 화투로
세월 보내 있을 때
향교서 한글공부을 한다는 소식을 듣고
선착순으로 입학을 햇다

꽁자로 준 책가방을 들고 가는길은 꽃길
공부럴 하고보니
슈퍼를 가도 뻐스를 타도 핸드푼를
내힘으로 할 수 인는 개 꿈만갓다
배움이라는개 참 좋거다
나이 팔십이 넘어서 배우니 참 아십다
조금 일찍 배워쓰면 얼마나 조아쓸까
학교 가는 길은 아프지도 안코 꽃길이다
행복하기만 함니다

까마귀표 밥상

박미자

영어 알파벳으로 밥을 지어요
완두콩은 동그래서 'o'
아니아니 소문자 'a'도 닮았네

영어 알파벳으로 된장찌개를 끓여요
굵은 파 'I'를 넣고
두부 두 조각 'M'도 넣고
'C'를 닮은 토막 호박도 넣었어요

아들이 왔어요
손녀가 왔어요

가족들이 모인 식탁 위에 돌아서면 까먹었던
알파벳도 모였어요

'반갑다~'

글자야! 너는 나를 살린 명약이구나

강광식

결혼까지 망설이게 한 고놈의 왠수 같은 글자들
애써 잊어버린 척 하고 살았지
내 세상에 글자는 없었다

계산서 뭉탱이로 갖다 놓고
바쁜척 하면서 써가라 했지
세상에 내가 쓸 글자는 없었다

글 쓸 일 있을 때 앞장서서 비서로 가정교사로
마음만 바빠 글자가 날개 달고 날아가도
잘한다 잘한다 응원하는 내 편들

처음 눈에 들어온 간판 글자
복 권
드디어 내 세상에 글자가 들어왔다

억만금짜리 복권 당첨보다 기뻤다
받침있는 글자를 하나도 아니고 두 개를
그래 이제 시작이야 야호~ 야아호~

글자야! 너는 꽃보다 이쁘구나

글자야! 너는 나를 살린 명약이구나

글자야! 나는 니가 참 좋다

내 나이 환갑 나이 17세

박숙자

내 나이 환갑 즈음에 나는 고등학생이 되었다
배우지 못한 한을 품고 있던 나에게 배움은
꽃마차를 타고 기쁨으로 나를 인도했다

지는 석양에 배움은 나의 가슴을 다시 한 번
불태우며 뜨겁게 뜨겁게 불타오르게 했다
아침에 눈을 뜨면 설레는 마음으로 가방을 챙긴다

고장난 시계바늘처럼 머리가 잘 돌아가지는 않지만
선생님이 가르쳐 주시는 대로 보고 익히고 깨우치고 열심히
배우다보니 인생이 즐겁지 아니한가

언덕위의 학교는 나의 꿈이자 희망이고 목표이다
학교 정문을 들어설 때면 꿀벌들이 날아와서 꽃가루를
뿌려주듯 학교에서 꽃향기가 가득한 것만 같다

내 나이 환갑나이 17살이 되어 나는 오늘도
배움의 열정과 도전을 불태우며
책가방을 메고 학교로 향한다

머리 바구니

박영하

옛날 나 어릴 적 아무것도 모르고
꽃바구니에 꽃잎 하나 하나
담아 생각없이 꾹꾹!
꽃이 좋아, 꽃향기 좋아
날아가지 마라 꾹꾹!
그리 놀기만 했지
그러나, 지금은
담는다, 담는다. 머리 바구니에
글자꽃 날아가지 마라 꾹꾹!
글자꽃 좋아지고, 글자 속에 빠져
오늘도 글자꽃 하나 하나
나의 머리 바구니에 담아
하나 하나 꺼내쓰는 맛,
살맛난다!

천만다행이지요?

●
최
혜
란

유치원 급식 도우미를 하기로 했어요
보건증을 만들려고 병원에 갔는데
코로나 때문에 들어가는 방법이 복잡했어요
글을 모르는 나는 가슴이 쿵닥쿵닥
안내원에게 좀 부탁했더니
외국인이냐고 했어요
창피해 죽는 줄 알았어요

유치원 도우미 하러 갔어요
밥 가방에 이름이 쓰여 있었어요.
지혜, 새롬, 다솜, 예쁜, 사랑, 정다운, 으뜸, 고운, 보람
그 이름을 몰랐으면 어찌 했을까요?
글을 읽을 줄 알아서 천만다행이지요?

한 번도 메지 못했던 서러움의 가방이
기쁨의 가방이 되었어요

섭섭한 바람

● 정동안

한글반 내 친구
성은 유가고요
고추장 단지같이 아담하지요

슥삭 지우개도 빌려 주고요
기름먹인 가죽처럼
책도 잘 읽어요

월요일에 만나요
헤어질 때는
섭섭한 바람이 지나가지요

무시하지 마소!

손
풍
자

부끄러움 무릅쓰고 한글교실 문을 두들겼다
처음이라 모든 게 낯설었는데 짝지의 그 한마디
"아지매는 낮은 반에 가서 더 배우고 오소
기초도 안되면서 높은 반에 공부하러 왔는교?"
이게 무슨 귀신 씨나락 까먹는 소린가?
처음보는 씨람에게 그렇게 심한 말을…
자기나 나나 몰라서 공부하러 왔는데
누가 이기는가 보자. 죽을 둥 살 둥 공부했다
받아쓰기 시험을 쳤다. 반에서 내만 백 점이다.
와 해냈다! 내가 해냈다! 세상에 이런 일이…
받아쓰기 공책을 받아 들고 나는 우아한
모델처럼 당당하게 내 자리로 돌아왔다

너희들에게 보내는 글

박
경
자

보고 싶은 내 아들들
문성두, 문성식아
너희들 보내고 엄마 몸은 생살이
찢어지는 것 같았다
미안한 마음에 항상 내 가슴에
돌이 박혀 있는 것 같다

너희들 자랄 때 보리밥도
생일날 쌀밥도 한번 못해 먹였다
배고플 때 바가지로 물만 퍼먹던 너희들
생각하면 아직도 눈물이 난다
그럴 때마다 엄마는 너희들 생각하며 글을 쓴다

엄마가 어떻게 글을 쓸 줄 아냐고?
그래. 엄마는 복지관 가서 글을 배우기 시작했다
엄마가 책 가방 메고 신나게 나가면
90이 다 된 이 나이에 무슨 공부냐고 웃더라
그래도 나는 재밌다

글 배우고 쓰니 엄마의 쓰린
마음이 조금씩 가라 앉더라

매일매일 눈만 뜨면 쓴 게 공책 세 권이다

너희들 보고 싶은 내 마음
글로 다 이겨내고 있다
글은 나의 기쁨이고 치료약이다

언젠가 너희들 만날 때 글 쓴 책 가지고 갈게

성두야, 성식아 잘 지내거라 사랑한다

한글 꽃

손춘일

공책에 한글 꽃이 피었습니다
가나다라 꽃씨를 뿌려
한글 꽃이 피었습니다

앞산 뒷산에 핀 예쁜 꽃처럼
공책에 핀 한글 꽃이
너무도 예뻐서 고와서
자꾸만 가나다라 꽃씨를 뿌립니다

나도 선생님이 있다

생각만 해도 가슴이 설렌다

얼마나 간절히 소망했던가

꿈꾸는
인생,
인생은 즐거워!

천생연분

김
화
자

나는 말 잘 하고
남편은 글 잘 쓰고
우리는 천생연분

어디 가서도
죽이 척척 맞는
우리는 천생연분

남편 죽고 나니
세상이 캄캄하고
내편 하나 없네

답답한 마음
칠십 넘어 시작한
한글은 새로운 천생연분

생일

고선녀

남편 생일에 편지를 썼다
한글을 배워서 평생 처음 편지를 썼다
91살 되신 영감님께
당신 나하고 살아 주셔서 정말 감사해요
지금처럼 건강하게 내 옆애 있어 주새요
앞으로도 우리 간강하고 행복하게 살아갑시다
사랑합니다, 고맘씁니다 했더니
91살 된 늙은 남자도 눈물을 흘린다
내 이 나이 되도록 살면서
제일 좋고 큰 선물을 받았다고 하신다
한글을 배우니 세상이 이렇게 아름다워졌다
한글아 정말 너무 고마워
한글 내 마음 다해 정말 사랑해

까만 밤

김옥자

나는 별이 없는 밤에 살았어요
영어의 알파벳들이
수학의 공식들이
나의 밤을 더 까맣게 했어요

이젠 내 밤에 별이 떴어요
A B C D 의 작은 별들이
피타고라스의 은하수가
내 밤을 환하게 비추었어요

이제는 한 순간의 별이 아닌
달을 띄울래요

밤하늘을 가득 밝힐
달을 띄울래요

은하수물

하연이

여름밤 마당에 멍석 깔고 모깃불 피워
온가족 모여 앉고 나는 아버지 팔베개 베고
밤하늘 보석같이 빛나는 별 바라보면서
할머니께서 들려주시는 이야기에 귀 기울였다

저 별들은 은하수 물에 목욕을 해서
저렇듯 깨끗하게 빛나는 거야

"나도 저 은하수 물에 목욕하면 깨끗하게 빛나요?"

말 잘 듣고 착하게 노력하는 사람에게는
은하수 물이 내려와 빛나게 된다는 할머니 말씀에
나는 밤하늘 별과 같은 꿈을 품었다가
어려운 가정 형편과 여자라는 이유로
조용히 그 소망을 묻어 놓았다

배움에 목마른 긴긴 시간이 흐르고
몇 해 전 문해학교에 입학하였다
그 곳은 어릴 적 꿈꾸던 은하수 물이었다

내 마음은 무지개 나라로

●
노
명
자

일곱 살 우리 손자랑
일흔 둘의 할망구 입학하는 날
콩닥콩닥 벌렁벌렁

기차타고 시간 반
몰래몰래 꺼내든 책
몇 번이고 보고 또 보지만
눈 감고도 담아내는 김치, 된장이구만
가, 나, 다, 라‥‥‥ 머릿속은 늘 뒤죽박죽

긴 시간 남아있던 응어리
아, 야, 어, 여 삐뚤빼뚤
자리 바뀐 받침 글자 아랑곳없이
신이 나 써 내려간 일기장엔
즐거움이 보인다

글자가 보이니 친구도 보이고
숫자가 보이니 돈도 보이네

꿈꾸는 문해학교

모든 게 일곱 색깔 무지갯빛

무지개 너머에는 또 어떤 세상이 나를 반겨줄지……

내 인생의 첫 번째 선생님

심순기

나도 선생님이 있다

생각만 해도 가슴이 설렌다

얼마나 간절히 소망했던가

사과 농사짓던 나에게 드디어 선생님이 생겼다

아침 이슬 머금은 사과꽃 같은 우리 선생님

바람만 불어도 아프다는 통풍과 관절염 앓으면서

어두운 길 무작정 걸어갈 때 불빛 같은 선생님 만났다

공부도 좋지만 나는 선생님이 너무 좋다

처음 시작하는 공부가 어려워 불안했던 나에게 할짝 웃으며

"정말 잘해요." 도닥여 주던 우리 선생님

사일은 과수원에서 땀 흘리고

삼일은 학교에서 떨리는 손가락을 달래며

나는 희망을 적는다

글 주머니

김복심

글 주머니 하나 풀어보니
내 이름이 들었네

영감 이름도 들었고
아들 이름도 들었네

글 주머니 둘 풀어보니
세상사도 들어 있고
오돌토돌 내 인생도 거기 있네

글 주머니 셋을 풀면
어떤 세상이 나올까?
어서 가 보세
꽁꽁 숨은 글 주머니
풀면 풀수록 재미지네

검정 봉다리 안에서 피는 꿈

최
순
자

몰래 보는 25년 전 딸이 사준 초등학교 책
소파 밑 검정 비닐 봉다리 안에 있습니다
봉다리 안에다 꿈을 심었습니다

내 나이 육육에 학생이 되었습니다
새 책 받고 담임 선생님도 생겼습니다
코로나 때문에 집에서 공부하지만 나는 학생입니다

벌레 기어가는 글자도 신기했습니다
동화책 읽어 달라는 손녀 보면 가슴이 벌렁벌렁
읽어줄 수 있는 지금은 눈물이 납니다

카톡으로 반 친구들과 이야기합니다
선생님이 보내준 영상으로 공부합니다
줌으로 악기 공부도 합니다

봉다리 안에서 꿈이 자라고 있습니다
물도 주고 거름도 주어
예쁘게 꽃 피우겠습니다

소금꽃

● 김연심

수많은 생명을 품고
파도와 노닐던 바닷물
한눈 판 사이
논바닥에 갇혀 버렸네

뜨겁게 내리쬐는 햇볕네
살이 타는 고통스럽던 날들
출렁대던 살은 쭉쭉 빠져
포슬포슬 하얀 꽃을 피웠네

"오메! 소금 좋은 것 좀 보소~."
소금은 간장 된장 김치
나물 속으로 잠들며
행복한 미소를 지었지

나도 공부 열심히 하여
소금처럼
남을 돕는 사람이 되고 싶다

하늘아 구름아…

안미란

하늘아
어제도 오늘도 너는 항상 높고 넓은
마음으로 나를 바라봐 주었고
나는 간절한 마음으로 너를 바라보았다
구름아
어제도 오늘도 너는 알 수 없는 그림을 그렸고
나는 너가 그린 그림들을 보물찾기 하듯
자음자와 모음자들로
하나씩 이름을 지어 보았다
글을 몰랐을 땐 의미없이 너희를 바라보았지만
글을 배운 지금의 나는
하늘은 내 마음의 평화라고 지었다
구름은 알콩이와 달콩이, 사랑이, 고래라고
이름을 지어 주었을 때 나는 너무 행복했단다
하늘아 구름아
너희들이 있음에 나는 하루하루를
배움으로 의미있게 살아왔고
너희들이 있음에 때로는 나를 위로해 주는
친구도 되어주었다

하늘아 구름아
어제도 아닌 오늘도 아닌 내일도 아닌
있는 그대로의 보이는 그대로의
영원한 나의 마음의 평화
보물찾기 친구가 되어 주렴

배움의 노후 연금

● 김정숙

먹고 살기 힘들때도
한푼 두푼 저축하며
앞날의 희망을 위해
저축하며 살아왔네

아들 딸 키우면서
먹이고 입히며 학비가 들때마다
노후 연금이라 생각하고
정성껏 키웠네

황혼의 늦깍이 학생이 되어
한자 두자 배우니
연금 쌓이듯
배움의 실력이 쌓이네

그 열매로 연금도 받고
자녀들의 효도도 고맙지만
배움을 통한 성취의 기쁨과 자신감은
더욱 행복하고 든든하다

부채와 연필

김복남

지독하게 추웠던 지난 겨울
마지막 인사도 없이 갑작스레 떠난 당신
가난은 어린 나를 부채와 함께 가두고
학교는 먼 세상 이야기였다
육십 평생을 당신과 손 맞추며
부채 만들어 자식 키우고 가르치며 살았는데……
나의 손이 되고 귀가 되고 입이 되어 준
당신을 보내고 어디다 마음 둘 데 없어
눈물로 지새던 나날들
이제 가슴에 묻어둔 배움의 씨앗을 꽃피워보렵니다
혼자서도 자신감 있게 살아가렵니다
내가 제일 잘하는 부채 만들던 손에
이제는 연필도 함께 있습니다
같은 세상인데 새로운 세상을 사는 듯
오늘! 행복합니다

할매 학생

홍
정
자

앞서거니 뒷서거니 풀처럼
뽑코 뽀바도 자라는 풀처럼
공부 머리가 쑥쑥 자라면 좋겠다

어딜가도 두렵기만 했지
글배고 내 인생이 꼬시 피었지
글배고 당당해졌지

논두렁 흙탕물처럼
밴 것 다 까먹어도 오늘 배우고

내일 배우고 내년에 배워도
맨날 새로 공부하는 날

전화 수업 쉬지 안코 공부해야지
다 모여 공부하는 날까지
공부하는 학생 할매 학생

환경 미화원

이
인
찬

학교 문턱에도 못 가보고
엄마 속도 어지간히 태운
나는 환경 미화원

나이들어 열심히 살다보니
못 가본 학교 생각이 나
고민 끝에 학교 문을 두드렸다

혹 냄새가 날까
퇴근 후 몇 번을 씻고 또 씻고
학교에 간다

더럽고 지저분한 쓰레기 치우고
깨끗한 거리 만들어
사람들이 행복해지면 나도 행복하다

내 머릿 속 쓰레기도 치워 버리고
깨끗한 마음으로 공부하면
사람들도 행복한 세상이 되고

나도 행복한 사람이 될 것 같다.

까망은 무지개

이
현
정

당신을 모를 때
온 세상은
까망이었습니다

눈으로 보이는 모든 것이
까망이었습니다

간판은 깜깜

아들 딸 동화책도 캄캄
내 마음까지 까망
그래서 온 지구마저 까망

당신을 알게 되니
온 세상이
빨주노초파남보입니다

눈으로 보는 모든 것이
빨주노초파남보입니다

간판은 빨주노초
동화책은 파남보

내마음은 울긋불긋한
빨주노초파남보
까망은 까망이 아니었습니다
무지개를 볼 수 있게 하는
행복의 디딤돌이었습니다

글 만드는 쎄프

6 · 25 사변으로 가난으로 학교 못가고
부엌데기하며 장독 위에 앉아 울 때면
학교 갔다 와서
일기 쓰고 시 쓰는 애들이 부러웠다

저애들은 글자로 자기 마음을 만드는구나
나는 글 몰라 청국장 만드는구나

세월 지나니
테레비전에 부엌데기도 쎄프라 불러주네
70년 부엌에서 음식만 하니
손맛 좋다고 소문났는데

이젠 야학 다니며 글도 쓰니
글 만드는 소문난 쎄프나 되볼까
어디 내 글맛 좀 볼텨?

글자여행

성삼례

내 나이 팔십을 바라보는데
내 머리는 쥐가 났다
글씨가 내 머릿속에 들어갈 때는
느린 발걸음으로 들어가고
나올 때는 육상선수인 것 같다

여행을 안 가도 전 세계를 보고 싶다
글씨를 알면 인물들의 책을 읽으며
혼자 찾아가는 여행을 하고 싶다

좋은 책 많이 읽고 글도 쓰면서
느린 걸음으로 들어간 글자로
혼자 찾아가는 여행을 하고 싶다

꽃

김영혜

눈길 닿는 곳마다
꽃들이 만발했네

팝콘을 튀겨 놓은 듯이
소복소복 쌓인 이팝나무

지금의 이팝나무
전에도 피었건만

전에 핀 이팝나무
윗목의 찬밥과 같더니

행복학교 다니며 보니
소복한 이팝나무

참나무 장작으로 지어을린
아랫목의 따뜻한 쌀밥처럼 보이도다

비록 늦깎이 중학생이지만
지금이 내 생에서 가장 벅찬 나날이로다

열쇠 수리공의 꿈

유영수

한 평 남짓한 컨테이너 안에서 삼십년
열쇠를 깍으며 오늘도 나는 희망을 꿈꾼다
갓난아기 때 열병으로 입은 장애와
지독한 가난 속에서 허덕이던 어린 소년에게
얼굴도 모르는 미국인 양아버지가 없었더라면
세상을 향한 꿈을 꿀수 있었을까?

아직도 어려운 아이들을 보면
어릴적 나의 분신 같고
내가 받은 사랑, 내가 받은 관심
그런 희망을 전해주는 삶을 살고싶어
이십 년째 이역만리 베트남에
수양딸이 다섯

그 딸들이 자라 내가 나눠준 작은 사랑을
또 다른 누군가에게 나누어주고
어려운 환경에 갇혀 꿈을 포기하는
또 다른 내가 없어질 때까지
오늘도 아픈 허리와 책과 씨름을 하며

또 다른 희망을 꿈꾼다

나는 세상을 거꾸로 살아요

박광춘

참 이상하다

내가 공부를 시작하고
변했다고 한다

그동안 나는 쓸모없는 사람인 줄 알았다
그림을 그리는 것도
글씨를 쓰는 것도
팔십이 다 돼서
잘 한다는 것을 알게 되었다

이런 것도 모르고
죽었으면 어쩔 뻔 했어. .

우리 딸이
"엄마가 공부하더니 소녀가 됐네" 한다

공부를 할 때면
가슴이 두근두근
정말 어린 아이가 된다

민들레 꽃씨처럼

김윤덕

오늘도 하얀 깃털을 달고
지나가는 버스에 앉아서
일하는 곳에 도착했어
야채를 다듬고 씻고 썰고
야단이나 안 맞으면 다행이게
아무 일 없이 지나가면 다행이게
아휴! 하얀 깃털을 힘겹게 달고
일이 끝나서 복지관에 도착했어
윤동주의 새로운 길이라는 시를 배웠지

새로운 시작과 함께
새롭게 우리도 시작했어
행복한 웃음이 민들레 꽃씨처럼
바람을 타고 멀리 퍼져 갔어
아무튼 오늘도 끝나서 다행이야
오는 버스에 앉아서
무심코 본 앞자리의 예쁜 꽃 하나
얼레! 어린 꽃이 예쁘게 말하네
얼레! 너도 내 시에 들어 올래?

만학도의 꿈

박
상
희

열 네 살 소녀
중학교 문턱을 남몰래 기웃거렸다
그 학교 높은 별이 되어
가슴에서 노래한 세월
보물찾기 오십여년 이제야 찾은 입학통지서

가슴에 숨긴 아픈 상처
알알의 이슬같은 눈물 꽃 가슴에 안고

100년을 품은 남인천중고등학교에서
만난 내 책상 마음에 그리던 얼굴

아는 것이 힘이라고 얼마나 갈망하던
공부였던가

어깨를 짓누르는 초라한 학력 무거운 짐.
이제야 내려놓은 고마운 우리 학교

내 나이가 어떠랴 아직도 시간은 많다

배움은 끝이 없는 것
나 이제 바다 새처럼 멋지게 비상하리

오늘도 글밭에 공부를 캐러가는 만학도는
책가방 가득 희망을 담아온다

나의 꿈은 지금부터 이루어지리라

배우고 보니 생산자 이였네

김복례

딸만 다섯인 막내로 태어나서
'가갸'도 모르고 머슴으로 살았지요
노지에서 농사지어 노점을 하는데
도서관에서 글을 배워 눈을 뜨니
머슴이 아니고 생산자이었음을 알았지요

글자를 몰라 골탕도 먹었고 당할 때
배워야겠다고 다짐을 했지요
용기 내어 질문도 하고
종이만 보면 쓰고 책만 보면 읽지만
배울수록 글쓰기가 참 어려워요

어려운 환경을 잘 헤쳐나온
극복한 이야기를 쓰고 싶어요.
글쓰기란 머슴살이만큼 힘든 일이지만……
속으로 생각한 것을 겉으로 나타내며
여러 사람 속에서 자신감 있는 사람으로 살고 싶어요

김명옥 팔공노인복지관 – 엄마 닮은 나, 우수상(국가평생교육진흥원장상)

어릴 적 엄마에 대한 기억을 더듬어보니 힘들어 어렵던 그 시절, 배움에 대한 꽃을 피우려는 엄마는 지금의 나와 많이 닮아 있음을 알게 되었다. 그 시절의 엄마처럼, 나도 배움의 꽃을 피울 것이다.

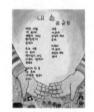

김금임 세종한글교육센터 – 내 손, 우수상(국가평생교육진흥원장상)

나보다 가족을 먼저 생각하느라 그간 미뤄왔던 공부를 70살이 되어 시작했다. 이젠 눈이 아파서 공부하기가 무척 힘들지만, 70년 인생 중 공부하는 이 순간이 가장 행복하다. 내일을 두려워하지 않고 오늘을 열심히 살고 싶다는 각오로 공부를 하고 있다.

이영금 삼척시청 도계평생학습센터 – 부뚜막 소녀, 우수상(국가평생교육진흥원장상)

가난 때문에 여덟 살에 남의 집 식모살이로 보내져 못된 주인아저씨에게 구박 받으며 지낸 것이 90을 바라보는 나이에도 잊혀지지 않는 악몽이 되었지만, 그때 구박받던 부뚜막 소녀가 이젠 글을 배워 글씨를 쓸 수 있게 되어 하늘나라 가면 자랑하고 싶다.

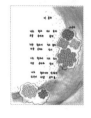

이순자 고덕평생학습관 – 이순자, 우수상(국가평생교육진흥원장상)

어릴 적 학교에 가고 싶은 마음을 '순자와 같이 학교에 가고 싶다'라고 표현하고, 현재는 학교에 다니고 있어서 '순자를 학교에서 만났다'라고 표현하였다.

김일자 명주교육도서관 - 찢어진 마음, 특별상 (교직원공제회 이사장상)

어렸을 때 헤어진 부모님 때문에 새어머니와 힘들게 살았으며, 성인이 된 후 결혼을 했지만 유독 별난 시부 때문에 힘들게 지내서 자식들만은 잘 가르치기 위해 노력했다. 일흔 넘어 배우기 시작한 한글공부로 자신감은 어느정도 회복하였으며, 남은 삶 또한 희망이 생겼다. 자식들에게 못 다한 이야기를 글로 전하고 싶은 간절함을 담아 표현한 작품이다.

허재석 영천시마을평생교육지도자협의회 - 울아부지, 우수상 (국가평생교육진흥원 장상)

여자는 공부해서 못쓴다고 공부를 안 가르쳤는데 그것이 한이 되어 아버지를 원망했지만, 우연히 한글교실에 다니게 된 것을 하늘에 계신 아버지가 보내주었다고 표현했다.

염남례 인천광역시교육청주안도서관 - 밥 한 숟가락 웃음 한 숟가락 글자 한 숟가락, 특별상 (유네스코 한국위원회 사무총장상)

어린 시절 노름과 술에 빠진 아버지 때문에 엄마의 삶이 가슴 아팠다. 친정 엄마의 삶을 닮아 60 평생 일만 하다가 팔과 꼬리뼈를 다쳐 일을 그만두고 한글 공부를 시작하게 되었다. 배움의 즐거움을 느끼며 세 개의 숟가락에 빗대 꿈을 표현하였다.

김종원 영등포늘푸름학교 - 하늘나라 집사람에게, 최우수상 (부총리 겸 교육부장관상)

글 모르던 나를 대신해 늘 앞장서 주는 아내와 사별하고 우울증을 심하게 겪던 중 친구의 소개로 학교에 입학했다. 용기 내어 나온 학교에서 열심히 살겠다고 다짐하며 글도 배우고 그림도 그리는 모습을 좋아할 아내를 생각하며 시로 표현했다.

김금례 파주한마음교육관 - 나를 들키고 싶지 않았다, 최우수상 (부총리 겸 교육부장관상)

한글 공부를 해야하는데 놀러온 친구가 집에 너무 늦게 돌아갔다. 글 모르는 것을 들키고 싶지 않아서 집에 가지 않는 친구가 미웠지만 글자를 빨리 익혀 친구에게 사랑한다고 쓰고 싶다고 표현한 작품이다.

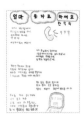

한덕희 충주열린학교 - 엄마 문자로 하세요, 특별상(교직원공제회 이사장상)

내 자식만큼은 나처럼 살지 않게 하기 위해 공부를 많이 시키겠다고 평일과 주말을 가리지 않고 불철주야 일을 하며 자식을 키웠지만, 마음 한 켠에 배우지 못했던 서러움이 가득찼다. 우연히 방문한 문해교육기관을 만나 한글을 배우고 알아감에 행복함을 느꼈다. 외국에 살고 있는 딸에게 전화하면 문자를 해야 한글이 는다며 전화를 끊는다. 딸이 야속하기도 하고, 이해가 되기도 하지만 목소리가 듣고 싶은 건 어쩔 수 없다는 속 이야기를 표현했다.

염명희 울산시민학교 - 117번과 나의 이름, 우수상(국가평생교육진흥원장상)

학습을 끝내지 못한 아쉬움을 평생 가슴에 새기고 살다 어느 날 자신에게 주어진 선물 같은 꿈을 이루기 위해 힘차게 학교를 다니는 모습이 생생하게 그려진 작품이다.

정옥순 단양군청 평생학습센터 - 내 손, 최우수상(부총리 겸 교육부장관상)

어느 날 문득 자신의 구부러진 손가락 마디를 보고 힘들게 살아온 지난날을 떠올리며 눈물로 한 자 한 자 써 내려간 글이며, 화려하게 장식한 손가락보다 누가 볼까 감추고 싶은 볼품없는 손이지만 열심히 살아온 '내 손'이 세상에서 제일 아름답고 고귀한 손임을 글로 표현했다.

정금덕 솜리장애인야학교 - 내 인생의 봄날, 우수상(국가평생교육진흥원장상)

어머니의 반대로 학교에 다니지 못했고 남편에게도 온갖 구박과 설움을 받고 살아왔지만 지금은 은행일이나 서류 작성을 자신 있게 할 수 있어 늦은 나이에 봄날이 시작된 것처럼 행복하고 공부의 즐거움을 표현한 작품이다.

백종순 부천동종합사회복지관 - 고무줄 학력, 우수상(국가평생교육진흥원장상)

어릴 적 학교에 다니지 못해 학력을 숨기고 거짓말하며 불안하게 살아왔지만 학교에 다니며 졸업장을 받아 고백할 날을 기대하는 것이 행복하다고 표현한 작품이다.

윤순녀 동해시평생학습관 - 그리운 당신께, 최우수상(부총리 겸 교육부장관상)

꿈에서라도 보고 싶고, 항상 생각나는 당신을 떠나 보낸 허전함을 표현했다. 당신을 위한 편지를 쓰듯 또박또박 써 내려 가는 자신이 뿌듯하여 피식 웃기도, 눈물을 흘리기도 하였으며 당신을 큰 산과 같은 사람이라 하며 보고싶은 마음을 표현했다.

양순자 유성구종합사회복지관 - 처음 소풍을 다녀와서, 특별상(국회 교육위원장상)

어릴 적 소풍이 가고 싶어서 어머니를 졸랐지만, 결국 한 번도 못 가봤다. 70세가 넘어서야 현충원으로 첫 소풍을 갔고, 설레서 잠이 오지 않던 그 날을 회상하면서 시를 썼다.

권오순 충주열린학교 - 학교 문턱도 못 넘어봤슈, 우수상(국가평생교육진흥원장상)

어려서 부모를 여의고 학교에 갈 기회조차 없었다. 결혼하고 땅 한 평, 두 평 늘려가며 살았지만 남편 투병으로 땅을 모두 팔고 배운 거 없이 막막했지만 문해교실에서 글을 배우니 막막함이 사라졌다. 땅 한 평, 두 평 느는 것보다 한 자, 두 자 알아가는 것이 더 즐겁다.

윤홍순 영등포평생학습관 - 행복을 담고 싶다, 우수상(국가평생교육진흥원장상)

먹을 것이 없어서 동네에서 나누어 주는 옥수수죽을 먹으며 살았지만 학교에 다니며 공부하는 것이 좋았다. 그런데 무료로 가르쳐 주었던 공민반이 없어지면서 학교에서 육성회비 오백환을 내라고 했는데 육성회비가 없어서 학교를 그만 둔 것이 평생의 한이 되었다. 뒤늦게 다시 공부를 시작하며 아픔으로 가득 찬 마음을 비우고, 이제는 행복을 담고 싶다는 간절함을 시로 표현했다.

변영자 중구평생학습관 - 내 꿈, 우수상(국가평생교육진흥원장상)

어릴 적 엄마가 일찍 돌아가시고 식모처럼 일만 하며 지냈지만 이제는 아들 내외, 손주들도 있으니 공부 못한 한을 풀겠다는 다짐을 표현했다.

박선혜 대전반딧불야학교 – 하고 싶은 말, 특별상(교직원공제회 이사장상)

문해교육을 하면서 지난 날의 어머니가 학교 다니는 것이 소원이라고 말했던 것을 회상하며, 어머니께 학교 다닌다고 자랑하는 자신을 자랑스럽게 드러내면서 그리움을 달래는 작품이다.

김영자 홍성군노인종합복지관 – 희망을 찾아서, 우수상(국가평생교육진흥원장상)

힘들게 살아온 세월로 허리는 굽었고, 아들은 먼저 세상을 떠나고 어둡게 지내던 삶에서 한 줄기 빛과도 같은 복지관을 만나서 글을 배우고 희망을 찾게 되었다.

전옥화 삼척시청 도계평생학습센터 – 영어로 피어나는 배움의 꽃나무, 우수상(국가평생교육진흥원장상)

가난으로 농사일만 하다 배우지 못해 친구들이 부러웠지만, 문해교실에 등록하고 배움의 즐거움으로 새로운 삶을 얻었다고 표현한 작품이다.

안유임 노원여성교육센터 – 엄마의 주름, 우수상(국가평생교육진흥원장상)

학교 갈 나이에 아버지를 여의고 할아버지는 학교에 못 가게 하려고 책을 아궁이에 태웠다. 엄마는 그것을 말리다 이마에 상처가 생겼고 엄마를 원망했다. 이젠 배우고 글을 쓸 수 있어서 원망도 없고 행복하다.

홍죽표 전의향교 – 시집가던 날, 우수상(국가평생교육진흥원장상)

결혼해서 떨리는 마음으로 시작하여 함께 살아온 인생을 돌아보며 행복하게 살았다고 표현한 작품이다.

신동월 보령시청 - 부끄럽지 않아 내 손, 특별상(유네스코 한국위원회 사무총장상)

젊은 나이에 남편을 여의고 큰 며느리로서 가정을 지키기 위해 어린 시동생들까지 보살피며, 농사일을 혼자서 지으며 지내온 세월이 힘들었지만, 거칠고 볼품없는 손으로 한글을 배워 사회생활에서도 어려움없이 생활하게 된 것에 뿌듯함을 갖게 되었다고 표현한 작품.

김금자 중앙동복지회관 - 그리운 동창생 나의 동창생은 누렁이소, 특별상(교직원공제회 이사장상)

교실에서 공부를 하면서 자신이 처음 글자를 배울 때 함께했던 누렁이 소를 생각하면서 글자를 배우는 마음이 그때와 다름없고, 오히려 더 기쁘고, 배울 때 만큼은 몸이 아픈 것을 잊을 수 있는 마음을 표현했다.

이병희 성북구장애인단체연합회 - 원망, 우수상(국가평생교육진흥원장상)

소아마비로 인한 장애가 있고 글을 못 배우게 한 아버지에게 큰 원망을 갖고 있었으나, 지금 한글을 배우며 쌓아왔던 한과 원망을 풀었다고 표현한 작품이다.

진귀녀 수원제일평생학교 - 허리 펴고 눈도 뜨고, 특별상(교직원공제회 이사장상)

글을 배우지 못해 당당한 사람이 되지 못하고 평생을 고된 일만 하며 살아왔는데 이제는 글을 깨우치고 자신감 있는 사람이 되어 세상의 모든 글을 읽으며 즐겁고 행복한 일상을 시로 표현했다.

강매옥 제주영락종합사회복지관 - 숨비소리 한숨소리, 우수상(국가평생교육진흥원장상)

어려서부터 어머니와 해녀 일을 하다 보니 바다에서는 제일 잘 나가는 1등 해녀지만 그 일만 하다 보니 학교 근처에도 가지 못해 공부라는 것을 배우려고 하지 않았다. 지금 생각해보면 한이 되어 이제부터라도 열심히 해서 공부에서도 상군이 되어야겠다.

이순옥 팔공노인복지관 - 수줍은 아기 호박, 우수상(국가평생교육진흥원장상)

나 스스로를 '수줍은 아기호박'에 비유하여 배움에 대한 마음을 표현하였다. 처음 한글공부를 접하며 수줍고 자신감 없던 나의 모습이 배움을 통해 당당하고 자신감이 생기며, 공부에 대한 마음이 커져가며 성장하고 있음을 말하고 있다.

신석분 예산군청 석곡1문해교실 - 나의 모습, 특별상(유네스코 한국위원회 사무총장상)

어디에 가도 내 이름을 못 써서 가슴이 두근두근 하고 마음이 벌벌 떨렸는데 지금은 내 이름을 쓰라 해도 마음 놓고 쓸 수 있으니 기쁘다. 머리에 들어가지 않아도 한 글자라도 배우는 즐거움이 좋고 문해교실에 다니는 것이 너무나 좋다고 표현했다.

김복순 세종한글교육센터 - 순댓국, 우수상(국가평생교육진흥원장상)

코로나 백신주사를 맞는 날 겁이 나서 아침밥도 못 먹었는데 막상 주사 맞고 보니 별게 아니라 허기진 배를 채우려고 순댓국집에 들어갔는데 순댓국 속에 자음과 모음이 눈에 어른거리며 한글자라도 더 배우고 싶은 학습자의 모습이 그대로 담겨있다.

손순례 문산마을도서관 - 열 번 백 번, 특별상(유네스코 한국위원회 사무총장상)

아는 글자도 하나도 생각이 안나 덜덜 떨기만 했던 기억이 있어서 공부를 포기하지 않겠다고 다짐했다. 이제는 내 이름 석자 쓰는 것이 열번이고 백번이고 자신있다고 표현했다.

박영숙 밀양시종합사회복지관 - 묘판, 우수상(국가평생교육진흥원장상)

한 평생 농사를 지으며 살아왔는데 모판에 자라나는 벼씨를 보며 한글공부도 모판처럼 머릿속에 푸르고 무성하게 잘 자라주었으면 하는 소망을 시로 표현했다.

차두선 다사랑복합문화예술회관 - 7학년 일곱 살, 우수상(국가평생교육진흥원장상)

어릴 적 글을 배우지 못해 일흔 살(7학년)이 되어 공부를 시작했지만 글씨는 일곱 살 같고 마음만 급하고 글이 잘 안 써진다고 표현한 작품이다.

김종순 구평종합사회복지관 - 탄생, 우수상(국가평생교육진흥원장상)

어린 시절 가정형편의 어려움으로 한글뿐만이 아니라 학습을 제대로 받지 못하였고, 자녀 양육과 삶의 어려움으로 배움의 기회를 가질 수 없었다. 지금까지 살아오면서 간판의 글도 궁금하고 은행 업무도 스스로 해결하고 싶었지만 혼자 힘으로 할 수 있는 건 아무것도 없었다. 늦게나마 복지관의 한글교실을 다니면서 이제라도 한글을 알게 되어 너무나 기쁘다.

임영하 절영종합사회복지관 - 팔순 잔치하는 날, 특별상(교직원공제회 이사장상)

젊어서 배운 화투, 사십대에 배운 뜨개질, 댄스교실에서 배운 춤 모두 기억하는데, 글자만큼은 기억에 잘 남지 않는다. 열심히 공부했지만 도통 늘지 않는 한글 때문에 답답한 마음뿐이다. 포기하지 않고 공부해서 내가 팔순 되는 날 가족들에게 편지를 써주고 싶다고 표현한 작품이다.

민기자 신갈야간학교 - 새 세상이 열린다, 특별상(국회 교육위원장상)

2회에 걸친 폐암 수술과 그 후유증으로 건강하지 못함에도 불구하고 학업에 대한 보람을 느끼며 즐거운 마음으로 학교생활을 했다. 코로나로 인해 학교에서 준비한 태블릿을 통해 비대면 수업을 하면서 온라인 수업의 신기함과 공부하는 즐거움, 보람을 표현했다.

임순덕 거창군청 찾아가는 문해교실 - 나는 까마구 사촌인가?, 우수상(국가평생교육진흥원장상)

배운 것을 금방 잊어버리지만 한 자 한 자 열심히 공부중이며 매일 학교에 데려다주는 영감님에 대해 고마움을 표현했다.

김이심 여수시청 문해교실 - 글자 스위치, 특별상(유네스코 한국위원회 사무총장상)

어느 날 불 꺼진 캄캄한 방에 누워서 아무것도 안 보이는 방이 내 머릿속과 같다는 생각을 했다. 캄캄한 방에 스위치를 '탁' 켜면 환하게 볼 수 있는 것처럼 까막눈인 나를 조금씩 환하게 글자를 볼 수 있도록 만들어 주는 문해교실이 한없이 고마워서 내 머리의 전기 스위치라고 생각했다.

김찬선 도남사회복지관 열린청춘학교 - 마음의 텃밭, 우수상(국가평생교육진흥원장상)

텃밭을 일구며 지내다가 문해교실에서 처음으로 글자를 배웠다. 텃밭에 작물을 심는 것처럼 글자 배우는 것도 가슴에 정성스럽게 심는다고 표현했다.

김정순 양산시청 중앙동행정복지센터 - 보호자는 뭐 하는 거지?, 최우수상(부총리 겸 교육부장관상)

체계적인 한글교육을 받지 못했을 때 별 불편함 없이 생활해 오다가 남편의 병원 동행으로 본인의 무력함이 죄스럽고 슬퍼 공부하러 오는 계기가 되었던 기억을 시로 표현했다.

정행자 영등포평생학습관 - 글자요리, 우수상(국가평생교육진흥원장상)

순댓국 장사를 하면서 글을 몰라서 많은 어려움이 있었다. 이제라도 글을 배워서 답답함을 해소하려고 했는데, 글은 배워도 배워도 자꾸 잊어버리고 어디에 무슨 받침을 써야 하는지 어렵기만 하다. 요리는 자다가 일어나서 해도 잘할 수 있는데 공부는 빨리 늘지 않아 속상하지만 꾸준히 노력하면 요리처럼 글을 잘 쓸 수 있을 것이라는 마음을 시로 표현했다.

한오순 군포문화재단 수리산상상마을 - 응원, 우수상(국가평생교육진흥원장상)

여자는 배울 필요가 없다며 부모님 때문에 학교에 다니지 못해 글을 못 배운 게 한스럽지만 이렇게나마 배움의 시간을 갖는 게 행복하다. 농사는 잘되지만 공부는 잘 안된다는 마음을 시에 담았다.

박수자 군산시늘푸른학교 - 코로나와 아픈 싸움, 최우수상(부총리 겸 교육부장관상)

학력인정 문해교육 학습을 받아 계속 학습의 꿈을 키워가고 있는데 코로나 때문에 학습에 어려움이 계속되어 답답함을 시로 썼다. 아까운 시간이 1년 이상 계속 흐르고, 전화로 하는 학습이 학습 욕구에는 미치지 못하다는 마음을 간곡하게 표현했다.

이갑예 홍성군청 - 서리태 한주먹, 특별상(국회 교육위원장상)

산수 수업이 어려워 옥수수 알갱이로 숫자를 배우는데, 좋은 방법이라며 동급생 너도나도 서리태(검은콩)로 산수공부를 하게 된 경험을 작품으로 표현했다.

김복조 서구장애인복지관 - 글씨, 우수상(국가평생교육진흥원장상)

어린 나이에 부모님을 다 잃고 가난하고 힘든 시절을 사느라 갖은 고생을 다했다. 특히 농사로 뼈가 굵어진 나는 농사라면 눈감고 잘해서 씨만 뿌렸다 하면 잘 키워냈다. 그런데 늦게 시작한 공부는 포기하고 싶은 정도로 많고 너무너무 어렵다는 것을 표현했다.

최병임 상일학교 - 공부 안 해도 좋아, 우수상(국가평생교육진흥원장상)

공부도 좋지만 학교에 나와 친구들을 만나는 것만으로도 좋다. 그래도 오늘은 한 글자 배워서 좋다고 표현했다.

임순자 충청남도교육청 남부평생교육원 - 대추 한 알 같은 인생, 특별상(유네스코 한국위원회 사무총장상)

우리 집 마당에 있던 대추나무와 오랜 시간을 함께 보내며 자라고 나이 들고 하는 모습을 지켜봐 왔다. 긴 시간 동안 힘들었던 시간도 있었지만, 외로웠던 시간을 다 보내고 나니 내 인생도 쪼글쪼글해진 대추알 같지만 그 맛은 달다고 표현했다.

구회남 곡성군청 문해교실 - 나가고싶다, 특별상(국회 교육위원장상)

글을 몰라 불편한 점도 많고 부모님이 원망스러웠다. 한평생 글을 잘 몰라 속앓이 했던 내 속이 성인 문해 교육 덕분에 뻥 뚫렸다. 벌써 코로나 탓에 1년 6개월 넘게 공부방에 모여 공부를 못 하고 있다. 한쪽 구석에 놓인 책가방을 보니 "책가방 속에 있는 필기도구들이 내 마음과 같이 답답하고 나가고 싶겠구나" 하는 생각을 표현했다.

백옥임 안계노인복지관 - 한글 공부, 우수상(국가평생교육진흥원장상)

참깨 농사를 실패해도 다시 심는 것처럼 한글도 계속 잊어버리더라도 꾸준히 공부하겠다는 마음을 표현했다.

이옥지 완주군진달래학교 - 애상 바치네, 특별상(교직원공제회 이사장상)

코로나로 인해 학교에 가지 못해 답답했는데, 학교 가는 날과 예방접종일이 겹쳐서 어디를 가야 할지 고민하는 마음을 표현했다.

제둘자 다사랑복합문화예술회관 - 몽돌이 딸, 우수상(국가평생교육진흥원장상)

어릴 적 글을 몰라 아버지 이름이 '몽돌이'인줄 알고 창피해서 학교에 가지 않다 보니 글을 못 배웠지만, 이제라도 글을 배우니 아버지 이름도 알게 되고 행복하다고 표현했다.

정춘자 남구노인복지관 - 옛날, 특별상(유네스코 한국위원회 사무총장상)

글자를 못 배웠는데 약도 한 장 주고 찾아오라는 친구가 미웠지만, 글자를 배워서 계주가 되고 싶다고 표현했다.

김진극 평창군청 진부도서관 - 이야~ 수지맞는 장사네, 특별상(국회 교육위원장상)

초등학교 재학 중 형편상 중도에 포기한 것이 한이 되어 초등학교 졸업장을 받는 것이 꿈이었다. 수업 중 핸드폰 문자보내기 시간에 처음으로 자녀들과 문자를 주고 받아본 행복한 경험을 시로 표현했다.

김임순 증평군청 김득신배움학교 - 세상에 이런 일이, 특별상(교직원공제회 이사장상)

어느 날 선생님이 음료수와 사탕을 사 가지고 오셔서 "박카스다~!" 하고 고맙게 먹겠다고 인사를 하고 나니 편지지를 꺼내어 편지를 쓰라고 시켰다. 세상에 공짜는 없다며 이야기를 나누던 수업 시간의 모습을 그대로 표현했다. "머리털 나고 처음으로 시를 써 봤다.", "뇌물을 먹으니 나도 시인이 되더라."라는 이야기를 펼치며 시를 쓰던 수업 시간의 속내를 그대로 표현한 작품이다.

방영순 성남위례종합사회복지관 - 우리 손녀, 우수상(국가평생교육진흥원장상)

손녀의 모습을 해바라기, 나팔꽃, 목화꽃에 비유하여 표현한 작품이다.

강명화 남양주알찬평생학교 - 재봉장이 웃음쟁이, 특별상(국회 교육위원장상)

일 년에 이틀만 쉬면서 20년 동안 일하다가 뒤늦게 공부를 시작했다. 집에서 학교까지 두 시간이 넘게 먼 거리를 통학하면서도 동료를 챙기고 학교의 궂은 일을 도맡아 한다. 바리스타 자격증, 펜글씨 자격증, 요양사 자격증을 딸 것이다. 일 년에 하루도 쉬지 않고 공부하는 모습과 지난 삶과 미래의 모습을 대비해 표현했다.

인원옥 예산군청 석곡1문해교실 - 조잘조잘, 특별상(교직원공제회 이사장상)

공부도 콩 심는 것처럼 잘 가꿔서 잘 결실을 맺었으면 하는 마음을 나타냈으며, 지금은 하늘과 땅 차이처럼 문해교실에서 공부하는 것이 어려울 때도 있지만 옛날로 돌아가서 초등학교 다니는 기분이어서 너무 행복하다고 표현했다.

박보윤 전주주부평생학교 - 보석같은 글이 빛난다, 우수상(국가평생교육진흥원장상)

글을 몰랐던 자신을 까막눈이라고 표현했지만 보석 같은 글을 배워 세상이 밝게 빛나고 기쁘다고 표현했다.

손정애 경상남도교육청 김해도서관 - 글자 기차, 최우수상(부총리 겸 교육부장관상)

세상에 긴 게 기차만 있는 줄 알고 살아왔는데 글자를 배우고 보니 글자는 높고, 깊고, 길고 가방끈이 긴 게 무엇인지를 깨달았다. 자신도 더 공부해서 가방끈이 길어지겠다는 기대감을 표현했다.

오말례 영암군청 왕인문해학교 - 오메 우리 엄니가 영어도 일거부네, 특별상(교직원공제회 이사장상)

공부하고 싶은 마음이 늘 가슴속에 화 덩어리였는데 문해학교 학생 모집한다는 반가운 소식을 듣고 등록한 지 벌써 3년이 되었다. "이제는 병원에 가서 CT도 혼자 찍고 텔레비에 나온 글자도 제법 잘 일거분다. 깨춤 춘다는 것이 이런 기분인갑다."라며 공부하는 기쁨을 자녀들과 나누는 즐거움을 표현한 작품이다.

박순임 광양시청 문해교실 - 인간극장, 우수상(국가평생교육진흥원장상)

코로나로 인해 학교에 못 가고 있는데 인간극장에 할머니 학생이 나와 A,B,C,D를 배우는 모습이 부러웠다. 하지만 나도 KBS, MBC를 읽을 수 있게 돼서 마치 미국에 온 기분이다.

이옥주 김해시청 새로봄교실 - 텃밭, 우수상(국가평생교육진흥원장상)

글 모르는 게 부끄러워 남편에게도 한글 교실에 다니는 것을 얘기하지 못했다. 텃밭에서 학습자가 가꾸는 농작물은 예쁘게 잘 자라는데, 글은 머릿속에 넣어도 기억이 나지 않는다.

이화순 꿈의한림평생학교 - 내 이름은 이화순, 특별상(유네스코 한국위원회 사무총장상)

공부에 대한 즐거움을 나타내고 졸업장에 쓰인 내 이름을 보며 뿌듯한 마음을 표현했다.

이순남 선암호수노인복지관 - 내 마음의 풍선, 우수상(국가평생교육진흥원장상)

비록 늦게 공부를 배우고 있지만 희망을 안고 열심히 공부하여 내 빈 머릿속을 채우고 가치 있는 삶을 살고 싶다는 표현했다.

박정숙 의성군청 성인문해교실 - 한글은 요술쟁이, 우수상(국가평생교육진흥원장상)

'ㄴ', 'ㅇ' 받침에 따라 다른 글자가 되는 게 신기하여 한글을 요술쟁이라고 표현했다.

신복순 전의향교 - 향교가는 길, 우수상(국가평생교육진흥원장상)

80살이 되어 글을 배워서 슈퍼에 가고, 버스도 타고, 휴대폰도 보고 스스로 할 수 있다는 게 꿈만 같다 너무 늦게 배워서 아쉽지만 행복하다.

박미자 오산종합사회복지관 - 까마귀표 밥상, 우수상(국가평생교육진흥원장상)

저녁 식사를 준비하는데 여러 재료의 모양이 알파벳 모양을 닮았다고 표현했다.

강광식 부천동종합사회복지관 - 글자야! 너는 나를 살린 명약이구나, 특별상(교직원공제회 이사장상)

시를 쓰게 된 동기이자 내용은 누구에게도 말하지 못한 글 모름의 아픔을 학습을 통해 치유했다는 것이다. 날개 달린 글자들이 날아가 버려 속상했지만, 지금은 꽃으로 피어나 살맛 나는 세상을 그림으로 표현했다.

박숙자 남인천중고등학교 - 내 나이 환갑 나이 17세, 우수상(국가평생교육진흥원장상)

환갑이 되어 뒤늦게 시작한 공부에 열의를 다하고 있다. 실제 나이는 환갑이지만 배움의 뜻을 품은 나이는 17살. 기쁜 마음으로 만학도의 길을 걸어가고 있다.

박영하 평창군청 대관령도서관 - 머리 바구니, 우수상(국가평생교육진흥원장상)

어릴 적에는 바구니에 꽃 이름도 모른채 생각없이 담았지만, 지금은 글을 머리 바구니에 담고 하나하나 꺼내쓴다고 표현했다.

최혜란 상갈동 주민자치센터 문해학교 - 천만다행이지요, 우수상(국가평생교육진흥원장상)

글을 배우는 중이여서 보건증 발급은 어렵고 창피했지만, 유치원 가방에 쓰여진 이름 정도는 읽을 수 있어서 천만다행이라고 표현했다.

정동안 금강종합사회복지관 - 섭섭한 바람, 우수상(국가평생교육진흥원장상)

한글교실을 함께 다녔던 친구와의 즐거운 추억과 헤어질 때의 아쉬움을 이제는 글로 표현할 수 있다는 기쁨을 작품에 표현했다.

손풍자 사하구청 쓰담학교 - 무시 하지 마소!, 우수상(국가평생교육진흥원장상)

처음 한글학교에 온 날 처음보는 짝꿍이 하급반에서 더 배우고 오라고 구박을 받았다. 열심히 공부해서 반에서 유일하게 받아쓰기 백점을 받았고 백점 받은 시험지를 들고 우아하고 당당하게 자리에 앉았다.

박경자 운봉종합사회복지관 - 너희들에게 보내는 글, 특별상(국회 교육위원장상)

먼저 떠나보낸 자녀에게 하고 싶은 이야기를 시로 표현했다. '글이 자신의 아픔을 달래고, 행복을 주는 것'이라고 표현했다. 두 아들에게 글을 배우고 있는 자신의 이야기를 전하며 글을 배우는 것에 대한 행복감을 표현했다.

손춘일 기장종합사회복지관 - 한글 꽃, 우수상(국가평생교육진흥원장상)

문해교육 프로그램을 통해 배운 내용을 공책에 작성한 한글을 꽃으로 표현하여 학습에 즐거움과 성취감을 꽃씨를 뿌려 예쁜 꽃으로 피는 모습으로 승화하여 표현한 작품이다.

김화자 수성구평생학습관 - 천생연분, 특별상(교직원공제회 이사장상)

한글을 몰라도 천생연분인 남편이 도와주어 별 어려움 없이 지냈지만 남편이 세상을 떠나고 칠십 넘어 공부하는 한글을 천생연분이라 표현했다.

고선녀 한국문해교육협회 정선지부 - 생일, 특별상(교직원공제회 이사장상)

한글을 배워서 남편생일에 편지를 쓰게 되어서 너무너무 기쁘고 계속해서 배움을 이어가겠다고 표현한 작품이다.

김옥자 경산대안교육센터 – 까만 밤, 우수상(국가평생교육진흥원장상)

문해교육에 참여하기 전 답답했던 일상과 앞으로의 다짐을 작품에 담아냈다. 문해교육에 참여하기 전을 '까만 밤'에 비유하며 문해교육을 통해 깜깜했던 자신의 밤에 밝은 달을 띄우고자 하는 마음이 담겨 있다.

하연이 용인시청 길이배움학교 – 은하수 물, 특별상(국회 교육위원장상)

어릴 적 할머니께서 선생님처럼 아는 것이 많으시고, 손녀들에게 여러 좋은 말씀을 자주 해주셨다. 어릴 적 할머니를 생각하며 표현한 작품이다.

노명자 영주YMCA성인문해학교 – 내 마음은 무지개 나라로, 우수상(국가평생교육진흥원장상)

꼭두 새벽 한시간 반을 기차로 통학해서 피곤하지만 배울 수 있다는 생각만 하면 즐겁다. 70여년 해 온 농사일이나 집안일이라면 자신감이 넘치는데 한글은 어렵다. 포기하지 않고 꾸준히 노력하면 무지개 너머 또 다른 세상을 볼 수 있으리라 기대한다.

심순기 용상평생교육원 – 내 인생의 첫 번째 선생님, 최우수상(부총리 겸 교육부장관상)

어린시절 가난으로 공장을 전전하며 억척같은 삶을 살아왔다. 어느 날 어스름한 불빛 속에서 교육원 현수막을 보고 한글수업을 시작하게 되었고 첫 담임 선생님의 친절한 가르침에 대한 감동을 표현했다.

김복심 섬사랑평생교육원 – 글 주머니, 특별상(유네스코 한국위원회 사무총장상)

아직 밭 일이 조금 남아 있고 집안일도 만만치 않지만 남편의 도움이 있어 헤쳐 나가고 있다. 한 글자씩, 글의 뜻을 알고 새기는 게 즐겁다.

최순자 부천동종합사회복지관 - 검정 봉다리 안에서 피는 꿈, 최우수상(부총리 겸 교육부장관상)

남편에게도 창피해 검정봉지 안에 숨겨놓은 책, 25년이 지난 지금 봉지 안에서 꿈이 자라 학생이 되어 공부한다는 내용으로, 공부하고 나니 두려워 벌렁벌렁했던 가슴은 기쁨의 눈물이 나며, 갈 길은 멀지만 나 자신이 대견하다고 표현하였으며, 검정 봉지 안에서 피는 꿈을 그림으로 그렸다.

김연심 영광공공도서관 - 소금꽃, 특별상(국회 교육위원장상)

염전을 지나다 보면 바닷물은 어딜 가고 소금이 딱딱딱 일어나는 것을 보면 너무도 신기했다. 바닷물에서 소금꽃을 피워 사람이 살아가는데 없어서는 안 될 소중한 소금의 이야기를 하고 싶었다고 표현했다.

안미란 성문평생교육원 - 하늘아 구름아…, 특별상(국회 교육위원장상)

글을 배우기 전에는 하늘과 구름을 의미 없이 바라봤지만 지금은 글을 배워 하늘과 구름에게 이야기하는 듯이 쓴 작품이다.

김정숙 행복한학교 - 배움의 노후연금, 우수상(국가평생교육진흥원장상)

먹고 살기 힘들어 글은 못 배웠어도 저축을 열심히 하며 살아왔다. 뒤늦게 배우는 공부가 연금 쌓이는 것처럼 배움의 실력이 쌓인다고 표현했다.

김복남 남원시평생학습관 - 부채와 연필, 최우수상(부총리 겸 교육부장관상)

어릴 적 글을 못 배워서 남편에게만 모든 것을 의지했던 지난 날 이지만 이제는 스스로의 삶을 살아야 하는 시점에 공부를 하게 되어 다행이다. 내가 제일 잘하는 부채 만들기도 열심히 하고 공부도 열심히 할 것이라고 표현했다.

홍정자 완주군진달래학교 – 할매 학생, 특별상(유네스코 한국위원회 사무총장상)

어느 곳을 가던지 글을 읽어야 하는 상황이 되면 두려웠지만 한글 교실을 다니게 된 이후에는 어딜 가더라도 자신감 있게 글을 읽고 이름을 당당히 쓸 수 있게 되었다. 뽑고 뽑아도 다시 나는 풀처럼 코로나19 시대지만 쉼 없이 공부를 하고 싶다는 희망을 표현했다.

이인찬 안산용신학교 – 환경 미화원, 특별상(유네스코 한국위원회 사무총장상)

고민 끝에 학교에 입학했지만 환경미화원이여서 더러운 냄새가 날까 봐 샤워실에서 수도 없이 씻고 학교에 온다고 말하며, 쓰레기 치우듯이 머릿속과 마음속을 청소하고 공부하면 행복해 질 것 같다고 표현한 작품이다.

이현정 성동문화원 – 까망은 무지개, 특별상(유네스코 한국위원회 사무총장상)

글을 배우기 전에는 모든게 까망이었지만, 글을 배운 후에는 세상이 무지개 색이라고 표현했다.

안선재 대신야학 – 글 만드는 쎄프, 특별상(유네스코 한국위원회 사무총장상)

어머니를 도와 자신이 집안 일을 할 때 주변 또래친구들은 학교 다녀와 일기 쓰는 모습이 부러웠다. 우연히 지하철 광고를 통해 야학을 알게 되었고, 문해교육을 통해 글을 읽고 쓸 수 있게 되어 잘하는 음식만큼이나 글로써도 소문난 셰프가 되고 싶다는 꿈과 포부를 작품에 표현했다.

성삼례 화성시청 가나다학교 – 글자여행, 우수상(국가평생교육진흥원장상)

나이가 들어 글 배우는게 어렵지만 글자를 모두 배워 책을 통해 세계 여행을 하고 싶다고 표현한 작품이다.

김영혜 고덕평생학습관 - 꽃, 특별상(교직원공제회 이사장상)

젊을 때 식자재 도매업을 하며 글을 몰라 받은 서러움과 한을 죽기 전에는 풀어야지 하는 심정으로 초등과정부터 성인문해교육을 받았다. 글을 알기 전에는 이팝나무 꽃이 '윗목의 찬밥'처럼 보이더니 글을 배우고 나니 이팝나무 꽃이 참나무 장작으로 지은 쌀밥'처럼 보인다고 표현했다.

유영수 사단법인 모두사랑 - 열쇠 수리공의 꿈, 특별상(유네스코 한국위원회 사무총장상)

서울의 달동네에서 장애와 가난으로 살아갈 희망을 잃어버렸을 때 미국인 양아버지의 따뜻한 편지와 생활비 지원으로 큰 힘을 얻었던 어린 시절을 떠올리며 성인이 …되어 똑같은 나눔을 실천하면서 나의 작은 사랑이 세상을 비추는 희망이라는 내용을 시로 표현했다.

박광춘 용산구평생학습관 - 나는 세상을 거꾸로 살아요, 특별상(교직원공제회 이사장상)

어려운 가정형편에 7남매 맏며느리로, 장애를 가진 엄마로, 평생 자기 자신은 없는 고단한 삶을 살아오다 평생학습관에서 늦은 공부를 시작하며 자신감과 용기를 갖게 되었다. 평소에 솜씨가 좋다는 말은 들었지만 그림을 잘 그리고 글씨를 잘 쓰는 것을 문해 학습을 통해 알게 되었다. 공부를 하는 지금이 마치 어린아이가 된 것처럼 즐겁고 행복하여 인생을 거꾸로 살고 있다는 주제의 작품이다.

김윤덕 광산구장애인복지관 - 민들레 꽃씨처럼, 우수상(국가평생교육진흥원장상)

일하느라 힘들지만 행복한 글 공부를 할 수 있어서 기쁘고 어릴 적에 시와 그림을 보는 것을 좋아했는데 글을 쓰고 그림을 그리는 시간이 있어서 좋았다. 글을 쓰면서 이것 저것 상상을 많이 하면서 풍성한 마음을 가질 수 있었고, 그림도 그리는 내 모습이 너무 좋았다. 청각장애인인 나의 하루 일상을 그려낸 작품.

박상희 남인천중고등학교 – 만학도의 꿈, 특별상(유네스코 한국위원회 사무총장상)

열네 살 중학교 문턱에서 서성이던 소녀가 오십 년이 지나 다시 학문의 길에 들며 설레고 있다. 초라했던 과거의 한을 벗고 훨훨 날갯짓하며 비상하는 꿈과 열정을 담았다.

김복례 인천광역시교육청연수도서관 – 배우고 보니 생산자이였네, 우수상(국가평생교육진흥원장상)

어릴 적 글자를 몰라 놀림을 당해서 학교에 다니는 친구들이 부러웠다. 나이들어 도서관에서 글 배우고 눈을 뜨니 머슴처럼 일만하며 살아온 날들이 머슴이 아니고 생산자였음을 알았다. 글쓰기란 머슴살이만큼 힘든 일이지만, 나를 표현하며 사람들 속에서 자신감있게 살고 싶다.

- 시화작품 원본은 국가문해교육센터 홈페이지(le.or.kr)에서 감상이 가능합니다.